LES ÉMOTIONS

DE

POLYDORE MARASQUIN

OU

TROIS MOIS

DANS LE ROYAUME DES SINGES   3939

OUVRAGES DU MÊME AUTEUR

Format grand in-18

LE VAMPIRE DU VAL-DE-GRACE............. 1 vol.
LA FOLLE DU N° 16...................... 1 vol
LES CHATEAUX DE FRANCE................. 2 vol.
LE NOTAIRE DE CHANTILLY .... 1 vol.
LE MÉDECIN DU PECQ..................... 1 vol.
LES NUITS DU PÈRE-LA-CHAISE............ 1 vol.
LE DRAGON ROUGE........................ 1 vol.
HISTOIRE DE CENT TRENTE FEMMES......... 1 vol.
LES VENDANGES.......................... 1 vol.
LE TAPIS VERT.......................... 1 vol.
LA COMÉDIE ET LES COMÉDIENS............ 1 vol.
LA DERNIÈRE SŒUR GRISE................. 1 vol.
LA FAMILLE LAMBERT..................... 1 vol.
LA FOLLE DU LOGIS...................... 1 vol.
LE BARIL DE POUDRE D'OR................ 1 vol.
L'AMOUR DES LÈVRES ET L'AMOUR DU CŒUR. 1 vol.
ARISTIDE FROISSART..................... 1 vol.
LES AVENTURES DU PRINCE DE GALLES...... 1 vol.
LE PLUS BEAU RÊVE D'UN MILLIONNAIRE.... 1 vol.
BALZAC CHEZ LUI........................ 1 vol.
HISTOIRE D'UN DIAMANT.................. 1 vol.

Format in-32

LES MAITRESSES A PARIS................. 1 vol.
BALZAC EN PANTOUFLES................... 1 vol.
UNE SOIRÉE DANS L'AUTRE MONDE.......... 1 vol.

Paris. Imp. Poupart-Davyl & C°, rue du Bac, 30

LES ÉMOTIONS

DE

POLYDORE MARASQUIN

OU

TROIS MOIS DANS LE ROYAUME DES SINGES

PAR

LÉON GOZLAN

TROISIÈME ÉDITION

PARIS

LIBRAIRIE INTERNATIONALE
13, RUE DE GRAMMONT, 13
J. HETZEL ET A. LACROIX, ÉDITEURS

1864

AVERTISSEMENT

———

Dans ces derniers temps, un écrivain d'une noble intelligence rehaussée par une exemplaire générosité fonda, sous le manteau fort transparent de la Société des ·gens de lettres, plusieurs prix destinés à récompenser, entre autres productions de l'esprit, la meilleure nouvelle qui serait envoyée à un concours spécial. Ayant eu l'honneur d'être un des juges du camp, nous fûmes en position, dans notre modeste stalle, de compter le nombre de

lances, comme on disait autrefois en langage de chevalerie, présentes à ce magnifique tournoi. Il y avait infiniment de
lances. Si quelques-unes revinrent avec
l'écharpe d'or à la hampe, beaucoup
aussi furent noblement brisées dans la
lutte. Parmi les innombrables nouvelles
adressées à la Société, pour être soumises
aux arrêts du concours, il en est qui laissèrent, dans les archives du comité, un
souvenir marqué au coin d'une curieuse
bizarrerie. Personnellement, nous en lû-
mes plusieurs dont les caractères étaient
tracés avec des encres de différentes couleurs, & cela, sans doute, dans une intention cabalistique que nous n'avons pas pu
pénétrer. Nous en avons tenu d'autres
qu'encadraient des vignettes à la plume,
exécutées avec la patience & la perfection

monacales des maîtres copistes du moyen
âge. La faute de français était entourée de
ravissants petits amours demandant grâce
pour la syntaxe compromise. Nous ne
voulons pas omettre non plus une nouvelle,
d'ailleurs pleine de mérite, écrite au pied
de la tour Malakoff, sous les murs crou-
lants de Sébastopol : elle sentait encore la
poudre. Le pôle boréal fit aussi son
envoi littéraire : deux nouvelles, trans-
mises au concours, étaient datées, l'une des
confins de la Suède, l'autre des bords les
plus septentrionaux de la Norvége. Les
Lapons mêmes répondirent à l'appel de la
cité Trévise (1).

En passant par le Spitzberg, nous fran-
chirons le Kamtchatka et le Japon, pour

(1) Le siége de la Société des gens de lettres est
dans la cité Trévise.

arriver direétement à la Chine, qui ne nous oublia pas. Le pays bleu de la suprême fantaisie ne pouvait manquer de se faire représenter au congrès de la nouvelle. Macao est la ville chinoise d'où l'on a expédié, au siége de la Société des gens de lettres, à travers les mers & les tempêtes, dans un coffret de laque, une nouvelle dont le sort voulut nous faire juge ; juge en première instance seulement.

Après avoir lu cette nouvelle, nous nous disposions à rédiger notre fidèle rapport, mais nous reconnûmes avec effroi qu'elle contenait trois ou quatre fois en plus le nombre de lignes rigoureusement arrêté par la volonté du fondateur, & par la nécessité de n'avoir pas à apprécier la valeur de vingt volumes in-folio, quand on ne demandait, avec raison, qu'à couronner le

bon sens, l'esprit, la grâce, l'imagination,
la fleur, l'arome de quelques pages. Notre
tâche de rapporteur devenait donc inutile.
La nouvelle chinoise s'était mise d'elle-
même hors des termes du concours.

Fort attristé pour notre excellent confrère de Macao, nous roulions déjà en
soupirant son infortuné manuscrit : nous
nous arrêtâmes subitement dans ce geste
de rotation mélancolique que tout auteur
refusé connaît si bien. Une idée nous avait
frappé. Nous nous demandâmes pourquoi,
à défaut de la gloire & des dangers d'un
concours, notre collègue chinois n'aurait
pas la joie plus pacifique d'une bonne pu-
blicité sous la forme du livre.

Comme tout ce qui vient de loin, son
histoire nous parut avoir un intérêt de
perspective. C'étaient des mémoires. Et

quoi que Pascal ait pu dire contre le MOI,
— Pascal qui n'a jamais parlé que de LUI,
— le moi sera toujours lu & préféré.

Ces mémoires, puisque ce sont réellement des mémoires sous un titre friand,
n'étaient pas tout à fait écrits en chinois,
bien qu'ils eussent été recueillis sur du papier de riz.

L'auteur nous apprend, dans une note
placée dans un coin de son manuscrit, qu'il
est né d'une mère française, & qu'il a fait
quelques études assez suivies dans la Maison des Missions des pères lazaristes français établis à Macao. Cette indiscrétion est
encore contre les usages des concours aca-
démiques. Mais quoi! notre digne confrère,
M. Polydore Marasquin, vit en Chine; il
faut lui pardonner bien des choses. N'est-il
pas déjà assez puni pour avoir écrit un

ouvrage trop long? C'est à lui, plutôt, que nous demanderons pardon pour avoir publié son livre sans son agrément, d'avoir fait la toilette à quelques-unes de ses phrases, & d'avoir enfin signé le tout de notre nom, qui est d'une physionomie encore plus chinoise que le sien.

LÉON GOZLAN.

LES ÉMOTIONS

DE

POLYDORE - MARASQUIN

I

Origine de mon nom de Marasquin. — Erreur, à
cet égard, de mon ambitieux grand-père Nicolas
Marasquin. — Profession de mes aïeux, honorable, mais pleine de dangers. — C'est aussi la
mienne. — Un tigre me prive de mon père, dont
je continue le commerce à Macao, sur le littoral
de la Chine. — Ma tendresse pour les animaux
& mon art de les empailler. — Tour terrible qu'ils
me jouent. — Quelques mots intéressants sur les
pirates malais, plus indomptables encore que
mes animaux. — Les stations anglaises fondées
pour les détruire, mais elles-mêmes détruites par
la fièvre jaune & autre chose que nous dirons. —
Le vice-amiral Campbell & ma ménagerie. — Ce

qu'elle renferme de curieux & de rare au moment de ses achats. — Babouins & chimpanzés. — Passions & rivalités. — Un singe méchant comme un homme. — Ma maison brûle. — La jonque chinoise. — Ce qui m'arriva à la suite d'une grosse tempête.

Je suis né à Macao, en Chine, dans ce qu'on appelle aujourd'hui les Indes portugaises.

Je descends de l'un de ces braves aventuriers qui partirent audacieusement de Lisbonne vers la fin du xvᵉ siècle, pour aller conquérir les Indes sous les ordres du célèbre Vasco de Gama.

Si j'ai quelque raison de m'honorer ici de la certitude de ma généalogie, je n'ai cependant aucun motif plausible pour me croire issu d'un de ces nobles fils de famille, attachés par le seul lien de la gloire à la fortune de leur illustre chef. Mon grand-père a bien prétendu quelquefois que notre nom de Marasquin venait, par corruption, de Mascarenhas, un des plus grands noms parmi les Portugais qui suivirent Vasco de Gama des bords du Tage à l'extrémité de l'Asie; mais j'ai toujours eu des doutes sérieux à cet égard.

D'ailleurs lui-même, mon digne grand-père, Nicolas Marasquin, ne fût jamais, à ma connaissance, qu'un laborieux commerçant établi à Macao. Son fils aîné, mon père, Juan Perez Marasquin, ne fut jamais autre chose. Je dois à ce dernier le témoignage de dire qu'il borna toute sa vanité pendant sa vie, trop courte à mon vif regret, à passer pour honnête homme, bon catholique & loyal marchand d'oiseaux.

C'était là sa profession; je n'en rougis pas, quoique certaines personnes aient cherché, par ignorance ou par jalousie, à la ravaler au rang de celle de marchand de gibier & de volailles de basse-cour.

On aurait même tort, sans la descendre aussi bas, de restreindre cette profession qui, plus tard, fut aussi la mienne, à la vente banale des oiseaux, telle qu'elle se pratique en Europe, à Paris ou à

Londres. Mon père tenait, dans sa vaste
ménagerie, l'une, il est vrai, des mieux
fournies des Indes portugaises, toutes sortes d'animaux rares & curieux. Sumatra,
Java, Bornëo, la Nouvelle-Guinée, étaient
représentés chez nous par les échantillons
les plus bizarres & les plus recherchés des
êtres qui peuplent leurs forêts à peu près
impénétrables. C'est une branche fort lu-
crative de commerce. On connaît le goût
des colons européens établis aux Indes &
la passion presque insensée des Chinois
pour ces produits si intéressants de l'histoire naturelle.

Mon père ajoutait à la vente des animaux
vivants celle des animaux empaillés, & ce
n'était pas la moins productive de ces deux
industries. Il m'avait donné des leçons
dans cet art savant & délicat de restituer
aux oiseaux & aux quadrupèdes morts la
forme & les habitudes qu'ils affectent pendant la vie. Grâce aux conseils de cet excellent démonstrateur, j'acquis en taxider-

mie une remarquable habileté; & l'on verra
plus loin, si l'on daigne lire ce récit de
mes aventures, que je dus à cette utile &
belle science d'échapper à la fin tragique
dont j'étais menacé.

Notre maison prospérait depuis plus
d'un siècle à Macao. Mon père, en la rece-
vant comme héritage, l'agrandit encore; &
par les soins intelligents de la femme
bonne, économe & dévouée qu'il épousa, il
parvint à en faire le meilleur établissement
dans ce genre particulier d'industrie.

Mais si cette industrie rapporte, ainsi
que je viens de le dire, d'assez beaux bénéfices, en revanche elle est difficile, périlleuse, & souvent meurtrière, comme je
n'ai eu que trop l'occasion de l'éprouver.
Elle s'exerce à des conditions que beaucoup
de personnes ignorent. Il ne suffit pas
uniquement d'acheter à bon marché & de
revendre avec avantage dans le commerce
des animaux. Il faut se procurer vivants
ceux avec lesquels on veut opérer de bonnes

ventes. De là l'indispensable nécessité d'être à la fois marchand & chasseur, ou plutôt d'être chasseur avant d'être marchand.

Mon père allait donc lui-même à la chasse des animaux dont s'alimentait son commerce, commerce laborieux que j'appris à mon tour en l'accompagnant tantôt sur les côtes de la Chine, tantôt dans les jungles de l'île de Hai-nan, si riche en bêtes fauves; tantôt jusqu'au Japon, malgré les obstacles & les périls d'une navigation bravement entreprise sur des barques mal construites, malgré les pirates malais, véritables requins qui engloutissent tout ce qu'ils trouvent sur leur passage; malgré les supplices qui attendent ceux que les Chinois & les Japonais surprennent sur leur territoire inviolable.

Mon père rapportait de ces expéditions lointaines, & j'en rapportai plus tard avec lui, des panthères, des tigres, des boas, des léopards, & surtout d'innombrables espèces de singes. Ce fut dans l'une de nos dernières chasses sur les bords de l'île Formose, que mon père, assailli par un jeune tigre qu'il était sur le point d'envelopper d'un filet, afin de s'en emparer tout vivant, eut la moitié de l'épaule & une partie de la cuisse emportées d'un coup de griffe.

J'eus le bonheur de le défendre, de l'arracher à la rage de l'animal furieux; mais si j'eus aussi la satisfaction de le ramener à Macao, je n'eus pas la joie de le sauver. Mal soigné par les médecins du pays, il languit deux ans de ses blessures, qu'on ne sut pas cicatriser. Il mourut ensuite dans d'atroces souffrances. En rendant le dernier soupir entre mes bras, il m'engagea à ne pas continuer son industrie. Je le promis; mais comme il ne m'avait laissé que celle-là pour vivre & faire vivre ma mère, comme, à franchement parler, je ne me sentais du goût pour aucune autre profession, j'eus le regret de ne pas tenir

ma promesse. L'histoire qu'on va lire dira
si je dois m'en applaudir.

Je repris donc la maison de mon père,
& je redoublai aussitôt d'activité, afin de
prouver à la riche clientèle acquise par sa
bonne & loyale gestion combien j'étais
disposé à la continuer honorablement.
J'augmentai mes espèces d'animaux rares,
j'envoyai au loin des voyageurs aguerris
chargés de m'en rapporter d'inconnues aux
latitudes des Indes. Sachant, par expérience, que le luxe éblouit les yeux &
attire par conséquent l'attention des ache-
teurs, je rajeunis la physionomie de mon
bazar. Le bronze & la dorure relevèrent la
simplicité jusque-là un peu trop nue de
mes cages. Une propreté anglaise régna
dans toutes les parties de l'établissement,
que j'éclairai au gaz, nouveauté étourdissante pour Macao.

Ici je dois signaler un trait particulier
de mon caractère.

A mon début dans la profession d'oise-

lier, j'aimais beaucoup les animaux, d'a-
bord par un effet de mon organisation
bienveillante, ensuite comme un résultat
naturel des études suivies que j'avais été
appelé à faire sur leurs formes, leur expression, leurs mouvements, leurs habitudes, leurs mœurs, leurs instincts, leurs
passions, leur intelligence, leurs sympathies & leurs antipathies, leurs caprices,
leurs maladies, leur affinité plus ou moins
prononcée avec l'homme, & mille autres
attributs essentiellement propres à leur
nature, qui est peut-être encore plus obscure & plus mystérieuse que la nôtre.

J'avais même poussé si loin mes obser-
vations sur ces êtres que nous avons pour
voisins de cages dans la vaste ménagerie
du monde, que je reconnaissais facilement
ceux dont les aptitudes instinctives corres-
pondaient aux nôtres, & qui auraient fait,
par exemple, des avocats, s'il y en avait
parmi les singes : ceux-là gesticulaient,
péroraient, apostrophaient toujours ; je

reconnaissais ceux qui auraient été médecins : ceux-là s'occupaient constamment
de l'état physique des autres ; ils leur
regardaient la langue, le fond de la bouche,
l'intérieur des yeux ; ceux qui auraient fait
aussi des comédiens : ceux-là grimaçaient,
jouaient & dansaient du matin au soir ;
ceux qui seraient devenus astronomes :
ceux-là s'arrangeaient pour avoir invaria-
blement le soleil levant au bout du nez ; je
reconnaissais avec la même infaillibilité
d'appréciation ceux qui auraient du goût
pour le commerce : ceux-là ramassaient
tous les fruits, toutes les graines tombées
des mains négligentes des autres & les
entassaient dans un coin. Je distinguais
pareillement les avares, les prodigues, les
crânes, les bravaches, les bons pères de
famille, les bonnes mères, les mères co-
quettes, les mauvais fils ; mais particulièrement toutes les nuances de voleurs, depuis le filou de bonne compagnie, le grec
de salon, jusqu'à l'assassin de grande

route. J'aurais dit : « Voilà un singe qui
roulerait en voiture s'il avait une cravate
blanche; en voilà un autre qui serait pendu
s'il portait un habit noir. »

J'aimais donc encore plus mes pensionnaires à titre de naturaliste, de pein-
tre, de médecin, de philosophe, qu'à
titre de marchand. J'avais fini, à force
de pénétration, par lire dans leurs yeux
leurs désirs, leurs besoins & leurs pensées,
& par converser avec eux. A coup sûr,
j'aurais atteint dans cette étude psycholo-
gique une hauteur inconnue aux plus
habiles naturalistes de tous les muséums
d'Europe, si l'accident funeste à la suite
duquel avait péri mon père n'eût tout à
coup ralenti ma passion pour les animaux.
Dans chacun d'eux il me fut impossible de
ne pas voir un complice du tigre qui l'avait
tué. Cette antipathie, de jour en jour plus
vive, fut cause que je les négligeai d'abord,
pour les punir ensuite avec plus de sévérité qu'auparavant. Ils s'en aperçurent,

car les animaux ont peut-être plus que
nous l'instinct des bons & des mauvais
traitements, & alors ils me rendirent en
haines & en rancunes les rigueurs que
j'exerçais quelquefois sur eux avec trop de
vivacité. Ils devinrent méchants, vindica-
tifs; je devins inflexible. La lutte s'établit
entre eux & moi; elle s'enflamma graduel-
lement au point que je finis par ne pouvoir plus les gouverner que par les menaces & la baguette de fer. Il en résulta
ceci : c'est que si, pour les punir & les
dompter, je n'en fis plus sortir aucun de
sa cage, je n'osai plus, de mon côté, par
prudence, entrer dans la cage d'aucun
d'eux. De part & d'autre ce fut un état
permanent de colère & d'hostilité. Il n'est
sorte de mauvais tours qu'ils ne me jouassent. Le dernier qu'ils osèrent fut si
cruel, si terrible, que si je le passais sous
silence, je rendrais inintelligibles la cause
& la fatale origine de mes prodigieuses
Émotions. Un seul s'en rendit coupable,

mais tous y contribuèrent par leur universelle animosité contre moi. Je vais donc
raconter l'effroyable vengeance dont je fus
victime de la part de ces redoutables animaux.

Le vice-amiral Campbell, qui commandait alors la station navale anglaise de
l'Océanie, était dans l'usage, chaque fois
qu'il relâchait à Macao, de visiter mon
bazar & de m'acheter pour ses volières &
sa ménagerie de bord, soit des perruches,
soit des oiseaux de l'île de Luçon, soit de
jeunes tigres apprivoisés, qui servaient ensuite à son amusement pendant la traversée d'une île à l'autre & pendant le
séjour qu'il était obligé de faire quelquefois des mois entiers à l'ancre dans un
mouillage ennuyeux et maussade.

Je crois utile de dire ici quelques mots
sur l'importance des stations anglaises
dans les eaux de la Chine & de l'Australie. Leur but, qu'elles n'atteignent pas
toujours, est de protéger le commerce & la

vie des Européens dans des parages in-
festés de pirates chinois & malais, race
jaune, infinie & terrible. Ces redoutables
serpents de mer, qui sont à l'Océanie ce
qu'étaient jadis les Algériens au bassin de
la Méditerranée, ne reconnaissent sous le
ciel aucune autorité : ni celle de l'empereur de la Chine flanqué de ses mandarins,
ni celle des sultans répandus sur quelques
grandes îles, comme Bornéo & Mindanao,
ni celle des vice-rois anglais & hollandais, délégués par leurs nations puissantes,
— puissantes sans doute,— mais trop éloi-
gnées pour faire respecter leur pavillon.
Les pirates de la Malaisie bravent tout, &
ils sont partout. L'archipel de Soulou, qui
compte cent soixante îles, n'est peuplé que
par eux. A jour nommé, ils vomissent des
flottes de cinq cents jonques, hérissées de
cinq mille matelots. Et ils s'embusquent
à tous les coins. Le butin qu'ils volent, ils
le partagent entre eux, & les prisonniers
qu'ils font, ils ne les rendent que moyen-

nant rançon ; plus ordinairement ils les tuent. Ils ont quelquefois poussé l'audace jusqu'à opérer des descentes au milieu des plus grands centres commerciaux, tels que Sumatra & Java. Un jour ils ont osé venir acheter de la poudre & des boulets à Macao, qui se vit forcé de leur en vendre ; ils sont indestructibles : ils durent depuis des siècles, ils dureront encore des siècles.

C'est pour protéger leurs nationaux contre les poignards empoisonnés de ces fourmilières de bandits, que les Anglais, ainsi que je l'ai énoncé plus haut, envoient constamment des vaisseaux sur des milliers de points du littoral de la Chine & sur les interminables côtes qui la bordent.

Ces vaisseaux sont souvent contraints de demeurer des années entières devant les localités menacées de la visite de ces écumeurs de mer. Alors les officiers s'établissent à terre ; ils élèvent des tentes ; ils construisent même des groupes de maisons, où ils se logent avec leurs familles.

Ces sortes de campagnes navales sont fort redoutées des marins anglais, réduits à lutter à la fois contre les tempêtes, les pirates malais, les fièvres de toutes les couleurs & surtout contre l'ennui de la station; l'ennui! cette fièvre jaune de l'esprit.

Le vice-amiral Campbell, qui commandait, comme je l'ai déjà dit, une de ces stations, avait arboré son pavillon sur la belle frégate *Halcion*.

Il se préparait à quitter la rade de Macao le jour où il vint avec tout son état-major, capitaines, enseignes, commandants & officiers de tous grades, parcourir ma ménagerie. Beaucoup de ces messieurs avaient conduit leurs femmes, d'où je conclus que la prochaine station serait longue.

Justement j'avais reçu depuis peu de temps une collection considérable d'animaux; mon établissement méritait en ce moment l'attention des savants & des ama-

teurs. Outre mes volières, riches en oiseaux
de tous les climats, je possédais en quadrupèdes : des algazels d'Égypte, des bisons du
Missouri, plusieurs chèvres bleues, douze
ou quinze fourmiliers, des jaguars, des léopards du Sénégal, des loutres, des ours marins, des panthères noires, des pasans, des
rennes du Canada, des rhinocéros unicor-
nes, des vigognes du Brésil, des lions
du Bengale & un magnifique choix de
tigres.

J'étais surtout très-bien fourni en singes.
J'en avais d'espiègles, de méchants, de rusés, de farouches, de graves, de pensifs, de
sinistres, de spirituels, de stupides, de
mélancoliques, de grotesques. J'avais des
jockos, des gibbons, des babouins, des
papions, des mandrills, des ouenderous,
des guenons, des macaques, des patas, des
malbroucks, des mangabeys, des mous-
tacs, des talapoins, des doucs, des magots.
Parmi tous ces singes, quatre se dispu-
taient particulièrement la curiosité des

gens en très-grand nombre qui visitaient cette galerie.

D'abord deux babouins d'une force & d'une férocité sans égales ; grands tous deux comme des hommes, intelligents comme des hommes, j'allais ajouter méchants comme des hommes. Ils secouaient leur cage à la briser ; souvent ils la renversaient, &, au fort de la colère, ils tordaient, comme s'ils eussent été de cire, les barreaux de fer à travers lesquels ils insultaient le monde. Pourquoi faisaient-ils les délices des spectateurs ? Est-ce parce qu'ils étaient supérieurement cruels ? J'ai peur de le croire.

Les deux autres singes qui se partageaient les sympathies des visiteurs, étaient l'un un chimpanzé mâle, l'autre un chimpanzé femelle ; même jeunesse, même grâce. Le chimpanzé était doux comme une jeune fille, délicat, sensible, comprenant tout, allant aussi près des limites de l'intelligence qu'il est donné à un

être privé du rayon divin de l'âme. Il aimait les enfants, jouait avec eux, & il se
montrait si passionné pour la musique,
qu'il oubliait de manger quand il enten-
dait les sons d'un instrument.

Il remplissait auprès de moi l'office d'un
groom bien dressé. Au dîner il offrait des
assiettes, servait à boire ; il mangeait
même à table quand je l'invitais. Les petites attentions que j'avais pour lui rendaient les autres singes jaloux jusqu'à la
frénésie. Bien souvent cette haine laissa
des traces sur son joli pelage doux & doré
comme celui d'un agneau.

Quant au quatrième singe, c'était aussi
un jeune chimpanzé ; mais, au contraire
des femelles de singes, de ces folles guenons qui sont avides de rubans, de den-
telles, de mouchoirs brodés, elle se con-
tentait de sa grâce & de sa gentillesse
naturelle. Elle n'était jamais si heureuse
que lorsqu'on lui donnait une belle fleur
qu'elle se plaçait sur l'oreille ou qu'elle

regardait des heures entières avec mélancolie. L'âme de Mignon semblait être passée dans ce joli corps & se refléter dans ces yeux bleu - jaune d'une expression émouvante.

J'avais appelé mes deux babouins, l'un Karabouffi premier, l'autre Karabouffi second ; & j'avais donné pour nom au chimpanzé mâle celui de Mococo, au chimpanzé femelle celui de Saïmira.

Mococo aimait beaucoup Saïmira & Saïmira de son côté aimait beaucoup le charmant Mococo ; premier amour naïf & plein de fraîcheur, intéressant à suivre comme étude de cœur & mouvement de la pensée chez des êtres placés temporairement entre l'homme & le singe ; êtres étranges qu'un effort du génie rangera peut-être un jour dans la classe des hommes, dont ils ne sont séparés que par une feuille transparente. L'éclair électrique brisera cette cloison & l'humanité comptera une famille de plus.

Karabouffi premier avait aussi un amour obscur & terrible pour Saïmira. Rien ne se compare à la jalousie noire du babouin. Lorsqu'il voyait passer devant sa cage les deux jolis chimpanzés, qui jouissaient de la liberté de circuler dans les galeries du bazar, ses ongles d'acier se roidissaient comme des crampons, ses yeux lançaient des bordées d'éclairs & de malédictions, ses lèvres bleues se crispaient, ses dents entraient les unes dans les autres. L'épouvante planait sur la ménagerie. Les lions & les tigres mêmes réfléchissaient. Je croyais voir Néron rôdant autour de Britannicus et de Junie.

Il n'est pas un de ces animaux d'ailleurs qui ne me rappelât point par point tous les caractères, tous les désirs, toutes les passions des hommes sur une échelle infinie. Je demeurai convaincu avec Buffon, qui a écrit tant d'admirables pages sur les animaux, que si, au lieu de les battre, de les maltraiter & de les faire con-

2.

stamment souffrir, nous les étudiions,
nous nous occupions d'eux avec intérêt,
nous pénétrerions dans un monde immense & inexploré d'idées & de sensa-
tions où nous n'avons pas encore mis les
pieds.

Le vice-amiral Campbell fut si satisfait
des grimaces, de la gentillesse, de la bizarrerie, & il faut bien le dire aussi, de
la férocité de mes pensionnaires, qu'il
m'acheta sur-le-champ un singe & une
guenon. Aussitôt chaque officier, par dé-
férence, me prit pareillement une guenon
& un singe.

Je l'avoue, je ne tenais pas du tout à
me séparer de Mococo & de Saïmira, car
il fallait les vendre tous les deux ou les
garder tous les deux; mais la femme du
vice-amiral Campbell mit tant d'insistance
à les avoir, que je finis par les lui céder. Je
savais, du reste, que milady en aurait soin
comme moi-même. Toutefois je l'engageai
beaucoup à ne jamais les laisser à la por-

tée de leur persécuteur, Karabouffi premier. Elle me le promit, & je lui aban-
donnai avec confiance mes deux pauvres
chimpanzés, qui me parurent encore plus
affligés que moi de notre séparation. Ils
m'embrassèrent comme deux enfants, &
leurs petites larmes coulèrent sur mes
mains. Je fus sur le point de les reprendre ; mais j'étais marchand : il faut vendre ;
l'intérêt l'emporta.

Comme tous ces messieurs de la station
& leurs dames achetaient, ainsi qu'on l'a
remarqué sans doute, tous mes animaux
par paires, il arriva que, ne possédant mes
familles de singes qu'en nombre incom-
plet, il me resta un des deux babouins,
Karabouffi second, lequel, faute de son
antagoniste femelle, fut condamné à ne
pas sortir de la ménagerie. Cette situation
l'irrita au point qu'il se mit à pousser des
gémissements de rage & de fureur quand
il vit partir tous ses compagnons de cage.

Ceux-ci, à leur tour, prenant en pitié le

sort de leur camarade resté captif derrière
les barreaux de fer, jetèrent des cris féroces & ne voulurent pas se laisser emporter sur les vaisseaux de la station. Il
fallut employer le fouet & la rigoise pour
les conduire à bord.

Macao s'émut de l'événement. Pourtant force demeura à la loi. Tous les singes furent embarqués.

Rien ne donnerait une idée, aucune parole, aucune peinture, du regard pourpre
& sombre que m'allongea le babouin soli-
taire quand je rentrai au bazar après le
départ de ses compagnons.

La vengeance de l'homme le plus hai-
neux, le plus irrité, n'a jamais condensé
autant de menaces dans ses yeux que j'en
lus dans ceux du babouin. J'y vis du sang,
j'y vis le mien.

Cette vente de singes, sur laquelle j'a-
vais réalisé d'énormes bénéfices, avait eu
lieu depuis près d'un an, quand une nuit je
m'éveillai horriblement suffoqué par une

fumée épaisse qui semblait jaillir des
fentes du plancher de ma chambre. Ce
plancher, de bois fort mince, s'étendait
au-dessus de la ménagerie. J'étouffais. Ce
fut avec une peine infinie que je me levai
& me dirigeai vers la croisée. Je l'ouvre,
j'ouvre partout pour ne pas mourir as-
phyxié, ainsi que ma mère, couchée dans
la chambre voisine. Mais dès que l'air eut
pénétré, ce ne fut plus de la fumée, ce
furent des flammes qui sortirent des fentes
du plancher, du plancher croulant, embrasé, & qui enveloppèrent du haut en bas
toute la maison. L'incendie la dévorait.
Ma première pensée fut de courir vers ma
mère. Il était trop tard ! L'arrière-pièce
dont elle avait fait sa chambre avait été
envahie la première par la fumée, & la fumée avait tué ma pauvre mère dans son
sommeil avant qu'elle pût appeler à son
aide. On m'arracha de cette pièce où je
voulais mourir. Des voisins m'emportè-
rent. On me déposa dans la rue, sur un

banc de pierre. C'est de cette place que je
vis brûler tout mon établissement. Par la
porte renversée, par l'entrée béante du
bazar, qui me parut un soupirail de l'enfer, je fus témoin d'un spectacle que je
n'oublierai jamais.

Au milieu des flammes qui rôtissaient
mes plus beaux oiseaux & où se tordaient
avec des hurlements épouvantables mes
superbes tigres, dont personne n'osait ap-
procher pour tenter de les soustraire à cette
combustion infernale, le babouin dansait,
ricanait, batifolait & piétinait avec une
joie hideuse, un brandon enflammé dans
chaque main. Son attitude, ses regards
cyniques, tout dans son effroyable expression faisait suffisamment comprendre que
l'auteur de l'incendie c'était lui ; lui qui,
dans une nuit de vengeance longtemps
méditée, avait dû se procurer les allumettes chimiques avec lesquelles il avait
vu, le soir, le gardien allumer le bazar ;
lui qui avait ensuite brisé ses chaînes,

ses barreaux, avait tourné le robinet de gaz & l'avait embrasé après l'avoir fait sortir à pleins jets du tuyau. C'était là la vengeance suprême du terrible babouin Karabouffi second (1).

On le tua d'un coup de fusil au milieu de l'incendie. Je n'en étais pas moins ruiné; je n'en avais pas moins perdu mon excellente mère.

Sous le poids de tant d'afflictions & de tant de misères, je résolus de renoncer à ma profession, à mon commerce d'oiselier, me souvenant un peu tard des conseils de mon père. Pendant plus de deux ans je cherchai à trafiquer avec les ivoires, les plumes & les pelleteries; mais n'étant pas versé dans ces sortes de négoces, je n'obtins que des bénéfices médiocres, & je n'entrevis pas l'espoir d'en réaliser de bien

---

(1) Cet événement atteste combien M. Polydore Marasquin avait, par l'étude & le travail, civilisé ses pensionnaires; car les singes, chacun le sait, éprouvent une horreur instinctive pour le feu.

grands dans l'avenir. Puis cette vie; moins
active que la première, ne me plaisait
pas, tandis que la première me revenait
toujours à l'esprit par le fait impérieux
de l'habitude & l'entraînement de mes
études en histoire naturelle. Les dangers
mêmes qu'elle offre, & dont j'ai parlé
plus haut, me la faisaient beaucoup re-
gretter. Enfin, après bien des hésita-
tions, je me déterminai à la reprendre.
J'étais encore jeune; il me restait quelques milliers de piastres placés en rentes
chez M. Silvao, banquier à Goa; je pouvais remonter ma maison; mais il me fallait pour cela entreprendre deux ou trois
voyages aux îles de l'Océanie, où se trouvent les grands chasseurs des bêtes fauves
& des oiseaux de proie, & où je comptais
aussi moi-même chasser avec eux à travers les bois & les marécages. C'était une
résolution dure, aventureuse : je n'avais
pas d'autre moyen de reconstituer mon
établissement de Macao. Je m'arrêtai donc,

je le répète, à ce parti. Je pris bientôt
congé de mes parents, de mes nombreux
amis, & je fis les derniers préparatifs du
départ. Je ne crois pas devoir omettre de
dire que j'avais nolisé une jonque chinoise
pour mon propre compte, & que je l'avais
à ma disposition pendant une année entière. Ma première destination était la
Nouvelle-Hollande, cette île immense,
grande comme un continent, & où j'étais
sûr, d'après les relations des voyageurs,
de rencontrer les animaux les plus puissants, les plus variés & les moins connus
de la création.

Je fis voile sur ma jonque chinoise le
3 juillet 1850, plein de confiance en Dieu
& après avoir accompli tous mes devoirs
religieux auprès des pères lazaristes, qui
ont, comme on sait, leur principale Maison de missions à Macao, mon berceau
natal.

La jonque chinoise sur laquelle j'étais
monté ne rachetait pas sa lourdeur par

3

une grande solidité. C'était une vieille jonque, fatiguée à l'excès par de nombreux voyages en Corée & au Japon, qui avait pu résister autrefois aux gros temps, mais qui, par cela même, n'offrait guère plus qu'une membrure ébranlée & qu'un doublage peu rassurant, quoi qu'en dît maître Ming-Ming, son trop indulgent capitaine.

Mon premier point de débarquement étant la Nouvelle-Hollande ou l'Australie, nous mîmes le cap droit au sud en quittant Macao.

Pendant huit jours, nous fûmes favorisés par un vent qui nous poussa en plein dans cette direction. Aussi nous trouvâmes-nous bientôt au milieu de l'archipel des Philippines, malgré le peu d'ensemble qui régnait dans les manœuvres de l'équipage, composé de huit Chinois, de huit Malais & de huit Portugais, trois nations en horreur profonde les unes envers les autres, se détestant autant que se dé-

testaient autrefois les Génois & les Corses,
&, de même que les Corses & les Génois, .
terminant toutes leurs disputes par l'arbi-
trage du couteau.

Par le travers de l'île Mindanao, & au
moment d'entrer dans la mer des Célèbes,
une voie d'eau se déclara, & comme pour
nous faire expier le beau temps dont nous
avions joui jusque-là, le ciel s'assombrit &.
se chargea d'un pôle à l'autre de grains
orageux.

Pendant dix jours, nous luttâmes pour
franchir le détroit de Mindanao. Le vent
& les courants nous rejetaient toujours
dans l'ouest. Et plus nos efforts pour résister à cette déviation de notre route
étaient violents, & plus la voie d'eau ouverte aux flancs de la jonque s'élargissait.

Pour aggraver notre position au milieu
d'une mer déjà si périlleuse, l'équipage
refusa de travailler à pomper l'eau qui nous
envahissait d'heure en heure. Chinois, Malais & Portugais se renvoyaient les uns

aux autres, comme trop pénible, cette tâche; pénible, il est vrai, mais de laquelle, cependant, dépendait le salut général. Le capitaine Ming-Ming, je ne le vis que trop alors, n'avait aucun pouvoir sur cet assemblage antipathique de matelots. Je soupçonnai même qu'il avait exercé autrefois la piraterie avec les huit matelots malais. Ceux-ci le traitaient sur un pied d'égalité qui indiquait clairement une ancienne confraternité équivoque, & qui lui ôtait par là tout caractère d'autorité sur eux. La découverte fut peu rassurante pour moi, qui connaissais de longue date & à fond, ainsi que je l'ai prouvé un peu plus haut, la conduite & l'humanité de ces indomptables brigands. Cette révélation m'épouvanta, je ne le cacherai point; mais je dissimulai mes terreurs. Seulement, je chargeai deux pistolets & j'en mis un dans chacune de mes poches.

On ne pompait toujours pas, & l'eau montait sans cesse dans la cale. Moins

bons marins que les Chinois & les Malais,
les matelots portugais de la jonque furent
effrayés à la fin du sort qui nous menaçait
tous. Ils parlèrent de relâcher. Les Malais
& les Chinois s'y opposèrent. Leur volonté l'emporta. Cela suffit pour me con-
firmer dans la pensée que je ne m'étais pas
trompé en les considérant comme d'anciens pirates, à ce titre, peu jaloux de se
montrer dans quelque port soumis à une
police régulière.

D'ailleurs, où relâcher ? où nous trou-
vions-nous, d'abord ? étions-nous en deçà
ou au delà de l'équateur ? courions-nous
dans la direction du détroit des Moluques
ou de celui de Macassar ?

Ce n'est pas maître Ming-Ming, plus
fort sur l'art de fumer de l'opium que dans
celui de conduire un vaisseau, qui nous
eût répondu. Le ciel était noir, le vent
nous arrachait par lambeaux nos grandes
voiles de bambou, & nous descendions de
plus en plus sous l'eau.

C'est quand il ne fut plus possible de vaincre le danger que ce ramassis de matelots croisés de forbans commença à se raviser. L'instinct de conservation s'éveilla. Il était trop tard. Ils tentèrent de vider l'eau amassée dans le ventre de la jonque : les pompes ne purent plus fonctionner. La peur saisit alors ces bandits à la gorge, & tous, Malais, Portugais & Chinois, cherchèrent avidement une terre à l'horizon, dussent-ils y être pendus comme pirates en y posant le pied. Pendant ce temps-là, que faisais-je, moi ? Je continuais de mettre à l'abri de l'invasion de l'eau mes bonnes armes de chasse, mes filets, & les nombreux engins avec lesquels j'avais quitté Macao, dans l'espoir de remonter ma ménagerie. Au fond, à quoi bon tous ces soins ? Étais-je destiné à sortir de la position critique où j'étais ?

Le vingt-huitième jour de navigation, nous n'eûmes plus d'autre ressource que celle de nous livrer corps & biens à la discrétion de la tempête. Maître Ming-Ming abandonna la jonque à elle-même. Je ne crois pas, quoique j'aie assisté à bien des ouragans sur les côtes du Japon, pendant que je voyageais avec mon père, que jamais le ciel & les eaux aient été plus effroyablement remués. La vieille jonque bondissait sur la lame comme une balle élastique sur le parquet.

Après trois journées d'angoisses passées entre la vie & la mort, nous aperçûmes un point noir comme de l'encre, qui se détachait sur la bande livide de l'horizon. Les Malais, dont les yeux ont une pénétration infaillible, affirmèrent que c'était la terre. Nous y courions de toute la violence d'un vent infernal. La nuit étant presque aussitôt survenue, nous n'eûmes pas le temps de calculer si, lorsque la lumière du jour reparaîtrait, nous aurions atteint ou dépassé cette terre. Quelle nuit! Nous n'avions plus ni voiles, ni mâts, ni gouvernail, & la jonque se fendait de toutes parts.

II

Naufrage. — J'y échappe seul. — Ile inconnue. — Une forme humaine m'apparaît. — Une pluie de singes. — Je reçois une grande volée de coups de rotins, que les Indiens appellent rotang. — Par qui m'est-elle donnée? — Danger que court un être intelligent. — Il est sauvé par sa cravate. — La soif me dévore. — Je trouve de l'eau. — Nous sommes quatre mille à boire. — Moyen ingénieux de cueillir des fruits à la cime d'un arbre de cent cinquante pieds de haut. — Deux valets de chambre comme il y en a peu à Paris. — J'échappe par miracle à leurs bons soins. — Une nuit entre un boa & une chauve-souris de plusieurs pieds d'envergure. — Esprit des huîtres, génie des singes.

Enfin le jour paraît ! Nous regardons !... la terre n'était qu'à un quart de mille. Mais ce quart de mille était une chaîne d'écueils tout blancs de l'eau qui s'y brisait comme du verre, s'y pulvérisait avec furie, & se vaporisait ensuite dans l'espace avec la té-

nuité de l'éther. Impossible de ne pas se
briser comme elle sur ces pointes couvertes
d'écume & toutes barbues de longues algues échevelées. Nous n'eûmes pas le loisir
de réfléchir bien longtemps sur le sort qui
nous attendait. Deux secousses brusques,
effroyables, deux coups de talon, pour nous
servir du langage des marins, fracassèrent
les reins de la pauvre jonque, dont la du-
nette fut en même temps enlevée par une
lame foudroyante, qui emporta aussi cinq
hommes de l'équipage. A peine entendîmes-
nous les cris qu'ils poussèrent en dispa-
raissant dans l'abîme. Les autres matelots
cherchèrent à s'emparer de la chaloupe sus-
pendue le long du bord, afin d'essayer de
regagner le rivage. Tant bien que mal ils
parvinrent à la descendre à fleur d'eau ;
mais une lutte épouvantable éclata quand
il fallut savoir qui l'occuperaient les premiers. Elle ne pouvait guère contenir plus
de six personnes & quinze se présentaient
pour l'envahir. Les couteaux furent tirés.

3.

Un égorgement commença; mais le théâtre
de la lutte allait disparaître sous les pieds
des vainqueurs & des vaincus.

Resté à l'écart, j'avisai dans ce moment
suprême une de ces bouées qui se lient
par une corde au câble qui retient lui-
même l'ancre, & qui servent à marquer le
point perpendiculaire où elle est mouillée.
J'ouvre rapidement mon couteau, je coupe
la corde à une certaine distance du câble,
& saisissant ensuite la bouée à deux bras,
je me précipite avec elle par-dessus le bord
au milieu des vagues. Un instant enseveli
sous l'eau, je remonte bientôt à la surface.
Je retourne la tête, afin de savoir quel parti
ont pris mes compagnons... Eux & les derniers débris de la jonque ont disparu !

Pendant trois heures je luttai avec la
mort. Quelle agonie ! Chaque fois que je
cherchais à m'accrocher aux branches des
madrépores qui dardaient entre l'écume &
la mer, j'étais repoussé, chassé par le res-
sac; mes mains ensanglantées se déta-

chaient de ce douloureux appui ; les forces me quittaient. Je n'en avais plus assez pour saisir la corde attachée à la bouée. J'avais perdu toute énergie, tout sentiment de l'existence, quand une dernière lame me couvrit, m'enveloppa & me roula au fond de l'eau, ainsi que ma bouée. Je me sentis défaillir & j'eus froid ; puis je n'éprouvai plus rien.

Quand je rouvris les yeux, j'étais étendu sur une plage couverte d'algues & de plantes marines. Il me semblait que des arbres n'étaient pas loin de moi. Mon étonnement était celui d'un homme ivre après un long sommeil. Je manquais de force pour me lever.

La tempête ne grondait plus. Le soleil, à ma vue encore bien faible, parut avoir atteint une certaine hauteur. Il répandait une grande chaleur autour de moi. Le sable chauffait sous mes deux mains ouvertes ; la conscience de la vie revenait peu à peu. Je me cherchai ; je me demandai si

c'était bien moi, & dans quel endroit je
me trouvais. J'acquis la certitude qu'il y
avait des arbres, une forêt à une petite
distance. Ma léthargie se dissipait comme
un nuage. J'essayai ensuite de me lever &
de faire quelques pas; mais, fuyant sous
moi, mes jambes avaient la mollesse du
coton. Pourtant je me tins debout. Le
soleil, qui avait encore marché, frappait
maintenant d'aplomb sur le paysage. La
chaleur répandue dans l'air augmentait
tellement de minute en minute, que je
tombai d'épuisement au pied d'un palétu-
vier dont l'ombrage sombre & plein de fraîcheur ne tarda pas à communiquer à tous
mes membres un bien-être général. Peu à
peu mes yeux s'appesantirent, le sommeil
me gagna, je finis par m'endormir. J'ignore
combien je demeurai encore de temps plongé
dans cette seconde & bien plus douce léthargie; mais, quand je m'éveillai, je jugeai
à l'inclinaison du soleil qu'il était environ
deux heures de l'après-midi. A m'en rap-

porter au délassement que je ressentais, j'avais peut-être dormi huit heures. Je ne puis rien préciser à cet égard, ma montre s'étant arrêtée par suite de toutes les secousses que mon corps avait éprouvées depuis la veille.

Afin de dissiper la douleur laissée dans tous mes sens par le somme prolongé dont je sortais, je me levai & fis rapidement quelques pas en allant devant moi. J'avais parcouru à peu près une vingtaine de mètres en me dirigeant du côté opposé à la mer, quand je vis comme une forme humaine se dessiner au bout de la longue perspective d'arbres ouverte à mes regards. Ma première pensée fut de croire que cette apparition était celle d'un habitant de l'île sur laquelle mon malheureux naufrage m'avait jeté. Je me réjouissais déjà de cette rencontre, quoique au fond du cœur je ne fusse pas sans quelque inquiétude secrète sur la nature d'ami ou de compagnon que le sort m'adressait. J'allai droit vers cet

être, quel qu'il fût ; mais, après avoir encore marché pendant cinq ou six minutes
dans la direction du point où je l'avais
aperçu, je ne vis plus rien... M'étais-je
trompé ? Les nombreux mirages du soleil
avaient-ils causé chez moi une hallucina-
tion ? Je ne savais comment expliquer mon
erreur ; mais elle me contraria beaucoup.
Je continuai de marcher devant moi.

Quand je fus sur le terrain même où
cette vision m'avait frappé, un autre horizon s'ouvrit naturellement à ma vue ; &
aussitôt, à ma vive satisfaction, le même
être déjà aperçu se montra. Ah ! je me sentis vraiment bien heureux ! Je pus même le
distinguer beaucoup plus nettement que la
première fois, quoique la distance fût encore grande entre lui & moi. Je l'observai
avec une extrême attention. Il me sembla
que ses mouvements étaient excessivement
vifs & rapides. Je fus poussé à porter ce
jugement sur lui en le voyant paraître &
disparaître, passer comme l'éclair d'un

point à un autre. J'eus comme idée qu'il
m'avait aperçu & que je lui faisais peur.
J'avançai alors avec plus d'assurance. J'allais me trouver à l'endroit même où il
m'avait apparu, quand du haut d'un arbre
quelque chose d'indéfinissable au premier
coup d'œil, une espèce de corps velu et
nerveux s'abattit à mes pieds avec des ricanements bruyants, gutturaux & sauvages, auxquels répondirent à toutes les
distances des ricanements absolument pareils. C'était un singe. D'un bond il se
releva, s'abattit de nouveau, & il finit par
se placer au milieu du chemin comme
pour m'interdire le passage. La prétention n'étant pas tout à fait de mon goût,
je cassai la première branche d'arbre que
je rencontrai sous ma main : c'était, je
crois, une baguette de rotang, & j'en me-
naçai mon animal. Mon action apparemment lui déplut. A un second ricanement
qu'il poussa en manière d'appel, je vis ac-
courir des quatre coins de l'horizon, à

travers toutes les éclaircies du bois, des
nuées de singes de toutes formes, de toutes
nuances & de toutes grandeurs, qui, en
un instant, grimpant sur les arbres, s'en-
roulant aux branches comme des écu-
reuils, s'emparant de tous les accidents de
terrain qui étaient autour de moi, se mirent à me regarder avec des clignotements
d'yeux rapides, précipités, menaçants, &,
m'enveloppèrent de sifflements & de grincements tellement criards, tellement aigus, tellement assourdissants que j'en fus
étourdi. Je fus obligé de plaquer mes
mains contre mes oreilles pour ne pas
perdre la conscience de moi-même au bruit
de cette tempête d'un nouveau genre. Rien
de pareil, je crois, n'a jamais été entendu
dans les forêts de l'Océanie.

Comme j'avais fait longtemps à Macao,
ainsi que je l'ai déjà dit, le commerce des
singes, je reconnus aisément, malgré mon
trouble, les espèces différentes auxquelles
j'avais affaire en ce moment. J'apercevais

des doucs à la queue longue, à la face
plate, aux pieds noirs, aux oreilles rouges;
des ouanderous, singes si méchants qu'on
est obligé de les tenir dans des cages de
fer; des lowandos à la face sans poil & de
couleur de chair jusqu'au bas du visage,
où elle devient noire ainsi que le nez;
ayant des ongles longs & en gouttière, portant sur la tête une large perruque de président faite de poils grisâtres, touffus &
serrés. Je voyais des guenons à la face pourpre, aux mains violettes, traînant une queue
terminée par une houppe de poils blancs;
d'autres guenons à camail, couvertes d'un
duvet flottant jaune mêlé de noir, qui
leur forme en effet une sorte de camail;
des mones au ventre blanchâtre, ouvrant des yeux entourés de cercles noirs,
noirs comme leurs pieds, noirs comme
leurs mains, noirs comme leurs poi-
gnets; puis des coaïta, puis des exqui-
mia, puis des ouarines, puis des centaines
de mangabeys, espèces de guenons ou sin-

ges à longue queue, autrement appelés singes de Madagascar; je les reconnaissais à leurs paupières nues, d'une blancheur frappante, à leur museau gris & long, à leurs sourcils d'un poil rude & hérissé; comme je reconnaissais aussi les sombres macaques, les turbulentes aigrettes, les malbrouks & les bonnets chinois qui gambadaient, folâtraient, dansaient, piétinaient, trépignaient, cabriolaient, caracolaient sur ma gauche, devant moi & derrière moi. D'autres, & par centaines encore, étaient accourus pour me voir; mais ils étaient trop éloignés pour que je pusse les reconnaître aussi distinctement que ceux dont je viens de parler.

Connaissant par expérience la méchanceté de ces animaux lorsqu'ils sont en nombre, je résolus de battre en retraite. Il était trop tard. Derrière moi je vis étroitement pressés, sur huit ou dix rangs, d'autres singes dont quelques-uns me parurent si vigoureux que toute tentative de fuite

eût été une grave imprudence de ma part.
Je demeurai donc en place, mais non sans
anxiété. Tous ces singes, qui me cer-
naient, se mirent à s'agiter avec une vélo-
cité de plus en plus hostile autour de moi,
quoique je n'eusse plus à la main depuis
plusieurs minutes la malheureuse baguette
de rotang ou de rotin qui avait causé leur
profonde & furieuse irritation. Pour me
faire prendre en patience cette contrariété, dont je ne voulus pas cependant
m'exagérer la portée, pensant bien que,
dès qu'il me serait permis de faire quelques pas de plus dans l'intérieur de l'île,
quelque habitant, ami ou ennemi, civilisé
ou sauvage, viendrait me dégager de cette
insultante population des bois; pour me
faire prendre un peu de patience, dis-je,
je me plus à me rappeler les ennuis de
toutes les couleurs dont vous accablent à
Londres, dès que vous débarquez, les mille
serviteurs du fisc, honorables gens que je
suis très-loin de vouloir comparer à des

animaux malfaisants comme les singes,
mais bien tyranniques parfois aussi. Je me
plus encore à me rappeler qu'un jour, en
revenant de Calcutta, ils me percèrent,
à Custom-House, avec leur sonde de fer,
vingt châles de cachemire qui furent complétement perdus & dont ils ne me firent
pas moins payer les droits.

Cependant, comme la chaleur était ex-
cessive, accablante à l'endroit découvert où
j'étais, je tentai, après un intervalle de
temps qui me parut avoir modifié à mon
avantage les dispositions de mes surveil-
lants, de faire quelques pas en avant.
D'ailleurs, j'avais horriblement faim, & la
soif me dévorait; mais je n'eus pas seulement fait mine de changer de place que
ces groupes de singes importuns rassemblés autour de moi recommencèrent de plus
belle leurs menaces, leurs cris, leurs grimaces, leurs froissements de lèvres. Ils
firent mieux : ils se massèrent en bataillon
carré, & quand ils eurent pris cette posi-

tion stratégique dont j'occupais le centre,
un d'eux se détacha des groupes et vint
résolûment à moi. Il ramassa la baguette
de rotang que j'avais laissée sur le sable,
& avant même que j'eusse pris le temps de
me mettre en défense, il m'envoya une
volée de coups aux jambes, sur les bras,
sur les pieds, sur la tête, sur le dos, au
visage, partout; & ses coups étaient si vifs,
si rapides, si multipliés, que je me mis à
bondir sur moi-même, ne pouvant courir,
cerné comme je l'étais, & à sauter comme
si j'avais eu des charbons ardents sous les
pieds.

Je le confesse ici avec franchise, je souffrais autant de honte que de douleur. Un
vil singe me battait, un abominable singe
me châtiait en plein soleil ! Les autres misérables singes, témoins de mon abaissement moral, riaient, batifolaient, s'amusaient à se tordre. C'est pendant que je
leur donnais ainsi la comédie & qu'ils me
fournissaient l'occasion de les voir de plus

près que je fus frappé d'un doute singulier; mais l'émotion du moment ne me
permit pas de m'y arrêter. Ah! oui, cette
émotion était forte : flagellé par des singes!
Il n'y a que les animaux pour apporter
tant de raffinement dans la cruauté. Je sais
bien qu'à Londres, ville extrêmement po-
licée, on s'écrase devant la porte de New-
gate quand on va pendre un criminel, afin
de lui voir tirer une langue d'un demi-
pied de long; je sais bien qu'en France,
autre pays très-policé, on paye encore assez cher les places pour voir exécuter un
homme, & qu'il en est de même à Bruxelles,
capitale de la Belgique; à Vienne, capitale
de l'Autriche, berceau de Joseph II, le
roi philanthrope; à Berlin, capitale de la
Prusse, royaume non moins civilisé; mais
enfin nous n'exécutons pas les singes, nous
autres, & le droit qu'ils s'arrogeaient sur
moi de me battre me parut... Mais pour le
moment ils étaient les plus forts; il fallait
céder : je cédai. Et ce qu'il y a de mélan-

colique à penser, c'est que je n'entrevoyais
pas de fin à ce supplice; mon bourreau ne
se lassait pas, il frappait toujours. Certes,
avec l'un des deux pistolets que j'avais sur
moi & dont je n'avais jamais eu l'imprudence, on l'a vu, de me séparer pendant la
traversée, j'aurais pu facilement casser la
tête à cet impudent animal ; mais pour
tenter un pareil coup, je connaissais trop
l'accident arrivé à ce président de la Compagnie des Indes, un jour que le célèbre
voyageur français Tavernier l'accompa-
gnait dans une excursion à travers une
grande forêt située au bord du Gange. Je
n'avais pas oublié qu'étonné du grand
nombre de singes dont il s'était vu, comme
moi, tout à coup entouré, il avait fait arrêter sa voiture & prié Tavernier d'en
abattre quelques-uns. Aussitôt les gens de
sa suite, très au courant des mœurs vin-
dicatives de ces animaux, l'avaient engagé
à n'en rien faire. Le président avait in-
sisté... Tavernier avait alors fait feu : il

avait tué une femelle chargée de ses petits.
A l'instant même, tous les autres singes
s'étaient précipités avec des cris de désespoir & de fureur sur la voiture du président. Ils avaient envahi le cocher, le la-
quais & les chevaux. Ils auraient étranglé
Sa Seigneurie, ils l'auraient écorchée, mise
en lambeaux si les stores n'eussent été rapidement baissés & si les gens de sa suite
n'eussent livré un combat en règle aux
assiégeants, dont ils ne se débarrassèrent
qu'avec une peine infinie. Ce terrible
exemple m'empêcha donc de décharger
mes armes dans le ventre de cet horrible
animal, dont les coups ne ralentissaient
pas, malgré ma colère, ma rage & les
gestes que j'employais pour me défendre.
Hélas! rien n'y fit. Je fus fouetté par lui,
fouetté jusqu'au sang... à la vérité sur
mon pantalon & sur mon habit, mais,
pour cela, l'outrage n'était pas moins
commis. J'aurais assurément fini par périr
sous les coups, car la ruse & la méchan-

ceté de ces animaux allèrent, le croira-
t-on? jusqu'à relayer mon bourreau quand
il se sentit fatigué de me battre; oui, j'aurais succombé sans une idée... une admirable idée... mais qui, malheureusement,
vint bien tard... comme toutes les excellentes idées. L'excès de la douleur exal-
tant mes souvenirs, je me rappelai que des
voyageurs, qui s'étaient trouvés dans ma
position fâcheuse, s'en étaient tirés à l'aide
d'un moyen que je résolus d'employer sur-
le-champ. Je dénoue ma cravate & je la
lance aussitôt toute déployée au milieu des
singes; une superbe cravate rouge achetée
au Bengale l'année précédente. Les singes
n'ont pas plutôt aperçu cette étoffe cha-
toyante, qu'ils fondent dessus avec des
grincements de curiosité & de joie. Mon
bourreau suit leur exemple, & moi, pendant que lui & les autres se disputent cette
proie que je leur ai livrée, je m'esquive de
toute la vitesse de mes jambes, je m'avance,
de toutes les forces qui me restent, dans

4

l'intérieur de l'île, où je compte à coup sûr rencontrer quelques naturels &, peut-être avant ce moment, un peu d'eau pour éteindre mon intolérable soif. Mon espoir ne fut pas complétement trompé. Après une course hors d'haleine de cinq ou six cents mètres, je retournai la tête & j'eus la satisfaction bien grande de voir que je n'avais pas été suivi par les singes. Pendant une heure je continuai à courir ainsi sans obstacles sur un sable doux, à travers des groupes d'arbres qui tantôt se réunissaient pour former des massifs éblouissants de couleurs diverses, & qui tantôt se voûtaient jusqu'à terre, comme pour m'indiquer un ravin où je devais trouver de l'eau. J'étais accablé, la sueur m'enveloppait d'un brouillard de feu. Allais-je découvrir cette eau si ardemment désirée ?

Au détour d'un coteau couvert d'une mousse argentée, je fus soudainement frappé par la vue d'un lac d'un mille d'étendue au moins, bordé de hauts ar-

bres qui s'élevaient en gradins comme s'ils
eussent été ainsi rangés par des hommes
habiles dans l'art des plantations de luxe
& de fantaisie. Une pente molle, revêtue
de ce même gazon d'argent que je venais
de fouler, me conduisit au bord d'une
eau blanche & transparente, fraîche à vous
enivrer par sa saveur primitive, comme
l'eût fait du vin en fermentation. Je m'age-
nouillai pour en boire, & ma joie d'y poser
mes lèvres desséchées fut si vive, si prolongée, que je dus demeurer, sans mentir,
près d'un quart d'heure ainsi courbé sur
cette suavité vivifiante. Mon bonheur tenait du rêve, tant il était concentré et
silencieux. Mais le cri qui m'échappa en
relevant la tête ne fut pas tout à fait celui
de la reconnaissance pour le ciel, à qui je
devais la joie délicieuse d'avoir ainsi rafraîchi ma bouche & ma poitrine. La surprise me l'arracha.

La rive du lac était couverte, sur l'étendue entière de ses bords, par ces mêmes

singes qui m'avaient si impitoyablement harcelé, raillé & battu. Tous avaient pris mon attitude accroupie, tous se relevèrent en même temps que moi, le museau mouillé et pailleté de l'eau qu'ils avaient bue; tous, lorsque je croyais les avoir perdus, m'avaient donc suivi en silence par les épaisseurs latérales du bois, par le chemin aérien des branches, de feuille en feuille, pour ainsi dire, & m'avaient imité en me voyant boire. Quoique mes membres fussent roués par la fatigue & les innombrables coups de rotin que j'avais reçus de la tête aux pieds, quoique je commençasse à ressentir une inquiétude fort sérieuse de me trouver constamment, depuis mon naufrage, au milieu de cette troupe de plus en plus grossissante de singes, je ne pus retenir une explosion de fou rire en voyant avec quelle fidélité burlesque j'étais reproduit dans mes moindres gestes, mes plus fugitives attitudes & mes plus involontaires mouvements. Stupé-

faction nouvelle & à me renverser! mon
éclat de rire est immédiatement répété
par cinq ou six mille autres éclats de rire
stridents, exactement semblables au mien.
Je ris plus fort; eux, à leur tour, de rire
plus fort aussi. Cette comédie menaçait
de ne pas finir. Ne sachant ce que voulait
dire ce trouble inaccoutumé, les oiseaux
cachés dans leurs retraites de mousse,
épars dans les hautes fougères, fourmillant
dans les lacis de lianes, endormis sous les
feuilles, les grands, les moins grands, les
invisibles; des oiseaux dont le Créateur
seul sait le nom, & dont les langues humaines les plus colorées diraient diffici-
lement la forme; des oiseaux vêtus de
brocart comme les anciens doges, d'autres
portant de triples collerettes brodées, ainsi
que les princesses de la maison de Valois;
d'autres dont les plumes de la queue sont
autant de rayons volés au soleil, s'enlevè-
rent, battirent des ailes, partirent à ce
tonnerre universel de rire, & panachè-

+.

rent l'air de leurs courbes effrayées. Les
singes eux-mêmes, quoique habitués à ces
émeutes d'oiseaux, furent tout étonnés de
la bizarrerie & de la nouveauté du spectacle. Ils se mirent debout pour en jouir.
C'est alors que je remarquai ce qui m'était
échappé jusque-là : beaucoup, parmi mes
persécuteurs velus, portaient une sorte de
collier rouge, étroit, dont il me fut tout
d'abord impossible de me rendre compte.
Une courte réflexion vint tout m'expliquer. Chacun de ces colliers rouges était
un fragment de la cravate que je leur avais
abandonnée, & qu'ils avaient noué sous
leur menton. Je n'ai rien vu de plus
bouffon que cet ornement de toilette avec
lequel quelques-uns, s'étranglaient, en
cherchant à le nouer davantage à mesure
qu'ils le sentaient se défaire, ou que leurs
camarades jaloux essayaient de le leur
prendre. Ces singes cravatés me donnaient
un spectacle dont j'aurais été ravi dans
toute autre circonstance.

J'avais sans doute calmé ma soif, mais
la faim ne s'était pas apaisée. Bien loin
de là! car la satisfaction accordée à un
sens avait rendu l'autre plus impérieux.
Ma faim était d'autant plus exaltée que,
depuis un quart d'heure environ, j'apercevais dans les arbres placés au bord du
lac des fruits d'un jaune d'or, des fruits
délicieux à voir, plus délicieux encore à
manger sans doute, mais placés si haut,
si haut, si près du sommet, que jamais
homme, fût-ce un matelot de Java, ne
serait parvenu, sans une échelle, à les
cueillir. Des arbres de cent quatre-vingts
à deux cents pieds de hauteur, sans écorce,
sans branches, sans aspérités, sans un
point d'appui quelconque jusqu'à leur
plus grande moitié. Mes yeux convoi-
taient ces fruits, mon estomac les appelait
de ses élans les plus tendres; mais comment
les avoir? L'impossibilité était là. Je tentai
cependant, après bien des calculs stériles,
de lancer de toute la puissance de mon

bras un caillou tranchant sur l'un de ces
fruits perdus dans les airs, afin de voir si
je pourrais le détacher de l'arbre. Je me
savais assez adroit; aussi dus-je atteindre
le fruit que j'avais visé, mais pour cela il
ne se détacha pas. Le caillou, après l'avoir
heurté, tomba par son propre poids de
branche en branche avec un grand bruit;
— tout produit un grand bruit dans ces
îles dont les hommes n'ont pas encore usé
le silence; — & il entraîna dans sa chute
à travers la plus forte épaisseur du bran-
chage une certaine quantité de larges
feuilles mal retenues au corps de l'arbre
même par leur pédoncule laiteux. Les
singes, qui avaient suivi avec avidité tous
mes mouvements, comme quand je m'étais
incliné pour boire, avaient à peine attendu
la chute de la pierre pour ramasser autant
de cailloux qu'ils l'avaient pu, & les lancer
contre les branches supérieures des arbres.
Ce fut à la fois le bruit, le petillement de
la grêle & de la mitraille. Ah! il fallait

les voir à l'œuvre, ces rudes abatteurs!
La destruction n'a rien imaginé d'aussi
rapide dans ses allures. Ils faisaient la
chaîne, ils se passaient les pierres de main
en main afin que ceux qui les jetaient
n'attendissent pas. On parle de champs entiers de maïs anéantis en quelques heures
par les sauterelles voraces venues de la Li-
bye. En quelques minutes, fruits, feuilles,
branches furent détachés du groupe d'arbres au milieu duquel mon caillou avait
fait son inutile percée; & ces milliers de
fruits, ces jonchées de feuilles, ces brassées
de lianes, ces amas de branches tombées
sur la rive du lac, la couvrirent au point
que je n'eus plus qu'à tendre la main pour
saisir ces fruits dont j'avais tant envie de
me rassasier. C'est ce que j'allais m'em-
presser de faire, on le suppose; mais voilà
que dès l'instant où les singes, à qui je
devais cette abondante moisson de fruits,
me virent faire le geste d'en porter un à
ma bouche, ils me copièrent sur toute

la ligne. Mille bras se portèrent à mille
bouches. La manœuvre s'exécuta comme
à la voix d'un commandement militaire
& avec la rectitude de la discipline prus-
sienne. Je levais le coude, tous les coudes
des singes se levaient ; je rejetais un pe-
pin, l'air était criblé de pepins. Les échos
du lac ne répétèrent plus bientôt que le
cliquetis risible & bruyant de leurs mâ-
choires, & sa surface disparut presque
entièrement sous les débris d'écorces de
tous ces fruits déchiquetés & dévorés avec
cette burlesque unanimité & cette imper-
turbable imitation.

Quoique je fusse livré maintenant à
toutes les chances du hasard & destiné
peut-être à n'échapper à un danger que
pour tomber dans un autre danger plus
grand, je désirais néanmoins sortir de
l'odieux emprisonnement où me tenait
cette compagnie immonde. Ce n'est pas
sans effroi surtout que je voyais pâlir le
jour & venir la nuit. Je redoutais de me

trouver au milieu de l'obscurité avec ces
légions de démons dont les surprises fantasques n'ont pas même pour limites celles
de l'imagination humaine. Car notre imagination n'est pas l'ombre de la leur. Notre
impossible est la réalité pour eux. Ce sont
des fous éternels auprès desquels notre
folie est la raison pure... Qu'allait-il donc
m'arriver? La nuit & eux! Sans doute le
jour du lendemain me montrerait quelques naturels, car cette île n'était pas déserte; sans doute je parviendrais au centre
de l'île même, où probablement s'élevaient
leurs habitations; mais, en attendant, il
fallait traverser cette nuit redoutée. Dans
ma fiévreuse anxiété, accrue par la connaissance que je possédais de tous ces
mauvais génies, l'idée me vint, puisqu'ils
s'acharnaient à être si exactement la contre-
épreuve de moi-même, de faire semblant
de dormir. Si j'étais assez habile pour les
conduire au sommeil par voie d'imitation, je profiterais de leur léthargie pour

me délivrer de leur surveillance & pénétrer au cœur de l'île. J'en ignorais, il est vrai, l'étendue & la configuration ; mais dans une nuit de marche je ferais infailliblement assez de chemin pour mettre dix ou douze lieues au moins entre eux & moi. Le moyen me parut bon. Je passai sur-le-champ à l'exécution.

Je commençai par ramasser des brassées de feuilles sèches, & j'affectai dans ce travail préliminaire de les remuer avec le plus de bruit possible, afin de provoquer l'attention imitatrice de mes espions. Et en effet, tous aussitôt accoururent, s'agitèrent avec une précipitation des plus comiques pour ramasser des feuilles sèches de tulipier & les étendre en litière sur le sol, ainsi qu'ils m'avaient vu faire. Ravi de ce début, j'amoncelai ensuite une certaine quantité de ces débris végétaux au pied d'un arbre que j'avais choisi pour dossier : eux d'en faire immédiatement autant. Ceci accompli de part & d'autre, je m'étendis sur mon lit de feuilles & j'observai. Cette fois mes plagiaires ne bougèrent pas. Mauvais signe! il y avait un point d'arrêt dans le développement du calcul que j'avais combiné pour les faire tomber dans le piége. Les pattes fourrées dans les feuilles, l'échine tendue, le museau tourné de mon côté, les yeux dardés sur moi, ils m'examinèrent, suivirent les moindres oscillations de mon corps; mais aucun d'eux ne se coucha. Commençaient-ils à se défier? Poursuivant mon projet afin de savoir au juste ce que je devais en attendre, j'allongeai les bras comme un homme qui ne va pas tarder à s'endormir, je bâillai à pleine bouche, & je fermai enfin les yeux. De ces trois choses ils n'en imitèrent qu'une : ils bâillèrent à se démonter la mâchoire : ce fut tout.

J'eus beau continuer à garder les paupières abaissées, ils tinrent constamment les yeux ouverts ; j'eus beau pousser le

5

mensonge du sommeil jusqu'à ronfler, rien
n'y fit : aucun singe, grand ou petit, jaune,
noir ou vert, ne donna dans le panneau.

Eux & moi nous nous tenions en
arrêt.

C'est à ce moment que le doute dont
j'avais été préoccupé pendant ma baston-
nade me revint encore. Je crus distinguer,
parmi cette foule de singes si attentive à
épier mes mouvements, certains visages
qui ne m'étaient pas inconnus ; mais je
passai comme la première fois à côté de
cette perception étrange, qui ne pouvait
résulter que du trouble de mon cerveau &
de la ressemblance qu'ont entre eux ces
animaux, informes ébauches de l'homme.

Depuis un quart d'heure, & de pareils
quarts d'heure sont des siècles, je jouais
cette comédie du sommeil, qui, à mon
désespoir, ne faisait pas la moindre dupe,
quand, de mes yeux faiblement entr'ouverts, j'aperçus deux des plus gros singes
de la bande venir de mon côté ; & ils ve-

naient, non pas en marchant à quatre
pattes sur le sable, mais comme ils le pra-
tiquent toujours dans leur vie errante &
vagabonde au milieu des bois, en s'élançant d'arbre en arbre, de branche en branche & sans faire beaucoup plus de bruit
qu'un oiseau. Arrivés au-dessus de ma
tête, & Dieu sait si je les avais perdus un
seul instant de vue, ils se laissèrent couler
sans bruit jusqu'à terre & passèrent ensuite, toujours avec les mêmes précautions
veloutées, l'un à ma droite, l'autre à ma
gauche.

Ils restèrent immobiles pendant quelques minutes.

J'avais affaire à deux hideux orangs-outangs, & tous deux accusaient leur force
prodigieuse & leur agilité par un corps
trapu, ramassé, & des membres nerveux.
Je jugeai à ces marques caractéristiques
qu'ils viendraient aisément à bout de dix
hommes qui ne seraient pas armés. Après
m'avoir observé, étudié, &, pour ainsi

dire, parcouru avec une gravité à la fois bouffonne & magistrale, comme pour s'assurer que j'étais réellement endormi, l'un des deux orangs-outangs alla se placer à mes pieds.

L'orang-outang qui était à ma droite commença par me flairer sous le nez à la manière des fauves, puis il m'écarta les cheveux attentivement, curieusement, aux tempes, sur le sommet, avec des soins minutieux, délicats, excessifs, & surtout avec des intentions que ma propreté anglaise rendait tout à fait illusoires. L'enfant du sublime & repoussant tableau de Murillo m'eût remplacé avec avantage. Ah! combien j'eusse désiré le voir à ma place! Car cette absence absolue de tout résultat promis à la peine que prenait mon orang-outang me laissait craindre que, changeant tout à coup de conduite, il ne m'enlevât, d'un revers de ces terribles mains armées d'ongles d'acier, les cheveux & la peau tout entière, qu'il ne me scalpât enfin à la manière des sauvages, ces frères aînés des singes.

Tandis qu'un des orangs-outangs me procurait cette périlleuse émotion, l'autre m'enlevait mes souliers & s'amusait, avec la naïveté d'un enfant qui veut à tout prix savoir comment & pourquoi sa poupée à ressort lève ou abaisse le bras, à plier & à relever mes doigts du pied, paraissant fort étonné & presque indigné qu'un homme fût aussi bien machiné qu'un singe. Malheureusement pour moi, il prit tant de plaisir à ce jeu qu'il finit par me retirer mes bas, qu'il essaya tout de suite, mais sans grand succès, d'employer à son propre usage. Ah! je l'avoue, ces deux terribles valets de chambre appliqués aux soins de ma personne me causaient d'affreuses angoisses. Elles redoublèrent quand l'orang-outang qui était à mes pieds, mis en goût sans doute par mes bas, voulut me retirer le pantalon. Je l'aurais bien laissé faire, moi, mais l'orang-outang placé à ma tête

s'y opposa de toutes ses forces en voulant
retirer le pantalon de son côté, côté par où
jamais n'est sorti un pantalon. Il y eut de
sinistres tiraillements. La lutte, peu à peu,
devint sombre & acharnée ; elle menaçait
de devenir terrible, je le sentais à l'arra-
chement successif des boutons, je le sentais
au frémissement central du pantalon. Il cra-
quait déjà sous les efforts des deux formi-
dables antagonistes dont le champ de bataille allait dans peu d'instants être mon
propre corps ; mon corps, qui allait infailliblement se trouver nu sous leurs dents
d'acier, sous leurs griffes de harpies, & en
proie à leur impitoyable instinct de destruction. C'était ma mort.

Avant de mourir, je voulus me défendre,
je glissai une main dans l'une de mes poches, l'autre main dans la seconde poche,
& je m'emparai de mes deux pistolets sans
éveiller le moindre soupçon. A l'instant
même, car les choses allaient très-vite, je
dirigeai le canon de l'un vers mes pieds,

le canon de l'autre vers ma tête, & me dis-
posai à tuer cette fois mes persécuteurs,
dont la mort, du reste, serait immédiatement suivie de la mienne : le sort qui m'attendait n'était pas douteux après ce double
meurtre. Les deux ou trois cents singes
qui assistaient comme acteurs & comme
témoins à ce spectacle allaient me déchirer
en plus de morceaux qu'ils n'avaient déchiré ma cravate. De minute en minute le
moment suprême approchait, il arrivait, il
était venu ! Le fond de mon pantalon crie...
J'appuie mon doigt sur chaque détente...
Un coup de sifflet part, un coup de sifflet
comme une locomotive seule avec son haleine de feu peut en faire jaillir un de sa
poitrine cerclée de fer ; ce coup de sifflet,
dont l'air dut saigner, se prolongea d'écho
en écho comme le tonnerre au fond d'une
vallée. J'ouvre les yeux... plus un singe,
plus un seul dans l'espace que j'occupe. Je
les vois fuir avec rapidité, avec la rapidité
d'une balle, fuir vers le même point, fuir à

ne me laisser voir bientôt que des milliers
& des milliers de queues badigeonnant l'horizon, purgé enfin de leur abominable présence. Tous ont disparu. J'entends s'éteindre de seconde en seconde les grincements
nerveux avec lesquels ils semblent s'exciter
à tripler de vitesse. Ce bruit diminue encore, ce n'est plus que le tintement qui
meurt en spirale au fond de l'oreille quand
le sang a couru vers le cerveau. Tout murmure cesse enfin. L'air est libre, la terre a
repris sa sérénité comme après la disparition d'un brouillard fétide. J'étais déjà debout, je respirais, je renaissais ! Mais d'où
était parti ce formidable coup de sifflet ?
quelle poitrine infernale l'avait donné ?
Était-ce un léopard blessé à mort ? était-ce
un tigre amoureux ? était-ce un homme ?
Quel appel exprimait-il ? que voulait-il
dire, puisqu'il avait été si généralement
compris ? Comment le savoir ? à qui le de-
mander ? La solitude & le silence avaient
fait place en un clin d'œil à l'affreux tu-

multe des scènes sauvages & grotesques
dont ce coup de sifflet marquait le dénoû-
ment ou l'entr'acte. Était-ce, en effet, une
fin ou une suspension momentanée que
cette disparition spontanée de tous ces
monstres qui s'éloignaient de moi par le
bonheur providentiel d'un miracle?

La nuit venait; elle était venue. Qu'allais-je faire, qu'allais-je devenir au milieu
des peuplades éparses dans le milieu de
cette île, hordes d'autant plus effroyables
dans mon esprit qu'elles tardaient davantage à se montrer?

Je serais bien resté jusqu'au lendemain
à la place où j'étais; mais n'avais-je pas à
craindre de voir revenir mes ennemis & de
les voir reparaître plus déterminés encore
qu'auparavant à me tourmenter de leurs
inépuisables méchancetés, maintenant surtout qu'ils savaient combien ils m'étaient
supérieurs par l'audace & par la force?
D'un autre côté, où aller sans m'exposer à
périr dévoré par les milliers d'animaux

5.

dangereux répandus dans ces labyrinthes
de bois, de bruyères plus hautes que ma
tête, de racines colossales, & rampant, gon-
flés de venin, sous toutes ces végétations
monstrueuses comme eux? Mes fluctua-
tions d'esprit me donnaient la fièvre
chaude, & cette fièvre battait à coups
pressés dans mon cerveau comme le bourdonnement d'une grosse cloche, comme le
ronflement des vagues quand on approche
de la mer. Le tumulte du sang me faisait
croire aussi, par moments, que j'entendais
réellement les voix lointaines qui sortent
des grands centres de population, comme
je les entendais quand j'errais dans la cam-
pagne de Goa ou de Macao. Les naufragés
ont de ces hallucinations de malade. Ils
sont aussi comme les pendules qu'on dé-
place : elles vont encore, l'aiguille marche
sur le cadran, mais elles ne marquent plus
l'heure exacte, elles sonnent au hasard.

Dans cette minute de délire où j'étais,
une ligne rouge teignit tout à coup l'ho-

rizon en le partageant : on eût dit la cou-
pure faite avec un couteau dans l'écorce
d'une grenade. Puis un renflement se fit
vers un point de cette bordure sanglante,
& un globe de feu parut & monta avec majesté dans le ciel. C'était la lune qui se
levait ; sa face enflammée était presque
pleine. Je crus qu'elle se levait pour moi
seul, tant elle m'apporta de calme en
m'inondant de sa belle clarté. Ses rayons
furent pour mon âme un espoir & pour
mes yeux un sourire du ciel. Je repris
courage. Mon sang descendit dans mes
veines. Je raisonnai avec suite & lucidité
ma situation. Je me démontrai alors que
je n'avais aucun motif sérieux pour demeurer plus longtemps dans l'endroit où
j'étais. Ma résolution fut prise. Je coupai
sur-le-champ, avec mon couteau, au bord
même du lac, la plus forte tige de bambou
que je rencontrai pour m'en faire une
arme défensive, & je me mis en quête de
savoir si cette vaste pièce d'eau limpide

avait, comme c'était présumable, quelque dégagement extérieur.

Ce fait géologique était d'une bien haute importance pour moi à éclaircir.

Les grands cours d'eau, quoiqu'il y ait quelques exceptions notables dans l'Océanie, aboutissant tous à la mer, si le lac, sur les rives duquel j'étais, avait une fuite importante, j'étais certain, en la suivant pas à pas, de me rendre à la mer. Et comme il est rare que les bords mêmes de ces courants d'eau ne soient pas la ligne terrestre sur laquelle les habitants, conduits par l'instinct du besoin, élèvent leurs huttes ou leurs villages, j'étais pareillement certain de rencontrer sur mon chemin ces villages, ces huttes & ces habitants. Je m'appliquai donc, dans le but de découvrir cette fuite d'eau, à parcourir sans déviation la circonférence du lac, malgré les jungles qui auraient voulu m'en écarter. Au bout d'une heure de course, un bruit confus m'arrêta; j'écoutai mieux;

je marchai à ce bruit; il se fit plus distinct.
Je redoublai d'attention, & enfin je fus
attiré presque en droite ligne par la grande
fraîcheur & le grand murmure d'un épan-
chement assez considérable. C'était là ce
que je cherchais. Les eaux du lac se dé-
versaient dans un second bassin inférieur
qui, se rétrécissant un peu plus loin, devenait le large ruisseau ou la rivière sur
laquelle j'avais compté. Je suivis ce canal
naturel, mais non sans me heurter à
d'étranges difficultés. Oh! non, ce n'était
pas chose aisée, on doit me croire, de
continuer longtemps son chemin sur une
berge, tantôt uniquement formée de dépouilles végétales si spongieuses, qu'il
était tout à fait impossible, parfois, d'y
poser les pieds sans enfoncer jusqu'aux
genoux; tantôt entièrement cachée à la
hauteur d'un demi-mètre, par un réseau
de fibres de pandanus, de bambous & de
mimosas, tissues, croisées l'une sur l'autre
avec tant de ténacité depuis des siècles,

que ces fibres allaient d'une rive à l'autre, formant une voûte sous laquelle je ne pouvais passer qu'à plat ventre. C'est dans l'un de ces cheminements sombres que je saisis, en plaquant mes mains sur le sol afin de me soutenir, un rouleau froid comme un glaçon, tandis qu'un battement d'ailes, au même moment, me souffletait au front & au visage. Double sensation, double horreur! Mon cœur parut ne pas suffire à tant de répulsion. Le rouleau glacé, c'était un serpent; le soufflet, le choc horrible d'une chauve-souris aux ailes visqueuses de trois ou quatre pieds d'envergure. Mes nerfs se crispent rien qu'à la pensée de cette affreuse rencontre.

Pendant dix heures je m'avançai ainsi vers un but inconnu, mais persuadé de plus en plus, en m'avançant, que la partie de l'île déjà parcourue par moi, dans les conditions périlleuses que je viens d'essayer de dire, n'était pas habitée; à moins, toutefois, qu'elle ne renfermât d'autres lacs

& d'autres cours d'eau, éventualité fort
douteuse à cause du peu d'étendue des
groupes d'îles au milieu desquels j'avais
naufragé. Et si j'en concluais qu'aucun
habitant ne devait se rencontrer à quelque
distance de ce ruisseau privé de huttes,
car j'en aurais vu les traces, j'en concluais
aussi, avec la même autorité de raisonnement, que l'île ne renfermait pas non plus
beaucoup de bêtes fauves, car elles fré-
quentent de préférence, on le sait par le
témoignage des voyageurs & des naturalistes, les bords limoneux des rivières, où
elles sont sûres de trouver, pendant les
ardeurs du jour, de la fraîcheur, de
l'ombre, surtout de nombreuses proies à
guetter, &, la nuit, des retraites invio-
lables.

Quand j'aperçus le ciel à découvert &
quelques lieues d'espace libre à ma droite
& à ma gauche, le jour commençait à
poindre. Le violent exercice que j'avais
fait, joint à la vivacité soudaine de l'air,

joint encore à la légèreté du repas que
j'avais pris, car les fruits, quelque bons,
quelque savoureux qu'ils soient, ne sou-
tiennent guère nos estomacs civilisés,
avaient allumé en moi une faim de tigre.
Je n'ai jamais tant regretté que la Providence ne nous eût pas réservé, pour les
occasions difficiles, les moyens de vivre
d'herbes comme les animaux, ou grati-
fiés, comme eux, de la faculté de saisir
notre proie à l'aide de nos mains. Peut-
être avons-nous eu autrefois, aux temps
primitifs du monde, une organisation
moins exclusive; quoi qu'il en soit, je
mourais de faim au milieu de ce paradis
de plantes, de fougères & de magnifiques
racines dont un cheval ou un bœuf eût
fait ses délices. Tandis que je me livrais
à ces réflexions, le jour grandissait, s'élargissait sans cesse; les objets commençaient
à se détacher avec vigueur de ce fond violet tendre, teinté de jaune, précurseur de
l'aurore dans l'Océanie & la Chine méri-

dionale. Un vent frais rasait la terre :
à son tranchant & à sa trempe, s'il est
permis d'employer cette image, je sentais
qu'il avait passé sur la mer. La mer, je
l'eusse parié, n'était pas loin. D'autres
signes me le disaient : les arbres étaient
moins touffus, moins spacieux ; les bruyères, plus ramassées & plus courtes, deve-
naient aussi plus rares. Quand le soleil
se montra, je n'avais plus qu'à m'écrier :
« Voici la mer ! » C'est ce que je dis
bientôt.

La mer n'était guère qu'à deux cents
pas de moi quand je vis ses petites vagues,
les mêmes vagues hier si furieuses, blanchir un arc entier de la côte. En suppo-
sant quelque régularité à la forme de l'île,
cet arc indiquait, selon mes calculs, une
circonférence de trente lieues. En outre,
en admettant, ce que j'admettais moi-
même par l'observation, que le chemin
que j'avais fait dans la nuit était la moitié
du diamètre de l'île entière, c'est-à-dire

cinq lieues, la circonférence devait être forcément encore de trente lieues, ce qui est, du reste, la moyenne en étendue des îles sur l'une desquelles j'avais échoué. Après m'être assuré que cette moitié de l'île n'était pas habitée sur toute la surface traversée par la rivière, il me restait encore l'espoir cependant qu'elle pouvait l'être sur le littoral de la mer, surtout si les naturels étaient ou pêcheurs, profession commune en Malaisie, ou livrés au petit commerce des échanges, profession plus rare, ou pirates enfin, profession qui accompagne toutes les autres dans ces contrées violentes.

Mon excursion au bord de la mer commença : elle commença, malgré la fatigue dont j'étais brisé; je n'avais pas de temps à perdre, car une fois le soleil lancé dans le ciel, sa chaleur intense rend tout travail de corps impossible sous la voûte de cette zone chauffée à blanc.

Si pendant les trois premiers milles je

ne vis pas plus d'habitants que je n'en
avais vu jusque-là, je ne pus guère mettre
en doute que mes bons amis de la veille,
les singes, ne visitassent souvent cette
côte. Voici à quels indices je le reconnus.
Des milliers d'huîtres étaient éparses sur
la grève, & les deux tiers au moins de ces
huîtres étaient ouvertes, non pas naturellement, mais à l'aide d'un petit caillou
placé entre les deux coquilles. Qui les
avait ainsi entr'ouvertes ? c'étaient mes
singes. On sait que les huîtres sont un
précieux régal pour eux. Mais il leur faut
user de beaucoup de finesse pour se procurer cette douceur, qui a pour eux ses
dangers. Que font-ils ? ils lancent une
pierre entre les deux coquilles au moment
où l'huître bâille, & de cette manière ils
sont sûrs de la savourer sans s'exposer à
voir leurs mains ou leurs museaux pris
par une malice de l'huître, qui a la faculté
conservatrice de se refermer au moment
d'être saisie.

L'huître étant un mets beaucoup plus
substantiel que les fruits, & mes pillards
& gaspilleurs de singes en ayant plus
ouvert qu'ils n'en avaient consommé, je
m'en donnai à cœur joie. Cinq ou six
douzaines descendirent dans mon estomac reconnaissant. Comme l'eau douce
en ce moment ne me manquait pas, je
complétai mon déjeuner par de larges ra-
sades bues dans le creux de la main. Une
fois mon appétit rassasié, mes préoccupa-
tions d'esprit revinrent. Allais-je enfin
me trouver face à face, sur cette grève,
avec les naturels de l'île, soit au détour
de quelque baie, soit derrière quelque
rocher? Ému de cet espoir & de cette
crainte, j'entrepris mon exploration. Mais,
après avoir visité bien des criques, bien
des petits golfes jusqu'au bord desquels
les banians laissent pendre leur chevelure verte, non-seulement aucun habitant,
noir ou cuivré, bistre ou safran, ne s'était
encore montré à mes yeux; mais je vis

sur le vaste parcours que je mesurai depuis cinq heures du matin jusqu'à midi, heure à laquelle l'or fondu versé sur ma tête par le soleil allait me forcer de m'arrêter, je ne vis, dis-je, aucune jonque, aucune pirogue, aucun débris d'ustensiles, enfin aucun fragment d'objets ayant servi à des êtres intelligents : nulle trace d'homme. Cette partie de l'île n'était donc pas habitée sur le rivage de la mer ni sans doute beaucoup plus au loin. Cependant rien ne prouvait absolument que l'autre moitié de l'île, ou ce qui m'en restait encore à connaître, ne fût pas habité.

Impossible de demeurer plus longtemps, à cette heure du jour, sur cette côte déserte brûlée par le soleil. Je jugeai prudent de m'en éloigner. Mon cerveau n'y aurait pas tenu : il était déjà en pleine fusion. Mais avant de la quitter, j'allai arracher à quelque cent pas plus loin une tige de bambou aussi droite & aussi longue que je pus la

rencontrer, &, après l'avoir dépouillée de
ses feuilles, j'attachai à son extrémité un
des deux mouchoirs blancs que j'avais sur
moi en abandonnant la jonque. Si quelque
vaisseau, quelque barque, apercevait ce
signal, chose assez peu probable, l'île où
j'étais n'étant entourée que de récifs, on
serait prévenu de la présence d'un malheureux naufragé, & peut-être tenterait-on
quelque moyen de le délivrer.

Les rudes secousses de la veille, les fatigues extraordinaires de la nuit, les acca-
blements d'esprit de toutes sortes sous
lesquels je ployais depuis trois jours de-
vaient me rendre facile un sommeil que
j'allai goûter sous les tamarins plantés
entre la mer et la partie plus boisée de
l'île. Mes yeux se fermèrent avec un bonheur indicible. Mon assoupissement fut
quelque chose de doux comme un voyage
dans l'air. Le vent de la mer passait à
longues effluves dans mes cheveux, après
avoir couru sur ma poitrine, rafraîchi &

vivifié tous mes membres. Le mélange des
fortes odeurs végétales de la plage & de
l'air salin de la mer, tout chargé des
exhalaisons mystérieuses des grandes profondeurs de l'océan Indien, formait un
bouquet si agréable & si enivrant que je
le sentais même dans mon sommeil.

Je dormis longtemps, car, chose étrange,
le soleil, qui était arrêté au zénith quand
je me couchai, occupait à mon réveil
exactement le même point du ciel. J'avais
donc dormi vingt-quatre heures. Ce réveil
ne s'effacera jamais des souvenirs de ma
vie, tant il se lie pour moi à une circonstance particulière de douleur, de regrets
& même de remords.

III

Je m'endors & j'ai un rêve fort agité. — A mon réveil je commets un meurtre. — Une sinistre apparition au milieu d'un bois. — Que signifie-t-elle ? — J'aperçois dans les airs une immense clarté. — J'avance à cette lueur qui me donne l'espoir que des hommes ont allumé du feu. — Elle disparaît. — Le jour revient. — Un spectacle inouï frappe mes regards. — J'assiste à une cour martiale formée de membres à quatre pattes. — Corruption de la justice parmi les singes. — Parodie risible des institutions humaines au point de vûe de la morale & des pantalons. — Je distingue quelques maisons sous les arbres & je me crois enfin parmi mes semblables. — Je retrouve Saïmira & Mococo. — Captivité de ce dernier. — Ce qu'était le chef de la cour martiale dont je n'avais pas admiré la tenue. — Je reconnais en lui un de mes deux babouins de Macao, celui que j'ai rossé tant de fois & vendu à lord Campbell. — Cette rencontre ne me cause aucune joie. — Karabouffi règne sur l'île où je me trouve. — Je me cache dans une grotte, prévoyant les effets de sa reconnaissance si j'étais découvert. — Je suis visité par Saïmira. — Sensibilité merveilleuse de cette char-

mante créature. — Épisode d'une mandarine. —
L'ennui l'emporte sur la peur. — La clarté déjà
vue reparaît. — Est-ce un volcan? — Est-ce un
festin d'anthropophages? — Pourquoi la curiosité
me fait-elle sortir de ma retraite ?

J'eus un rêve pendant mon sommeil.
Dans ce rêve je me voyais au milieu de ces
mêmes singes maudits auxquels j'avais si
miraculeusement échappé dans la journée
de la veille. J'étais encore en leur pouvoir !
Rien n'était changé : ni le lieu de la scène,
ni les personnages. Le lac s'étendait à mes
regards; les arbres s'élevaient & se balan-
çaient autour de l'eau; les feuilles & les
fruits dont on les avait dépouillés à coups
de pierre jonchaient la terre. Mes deux
redoutables orangs-outangs non plus ne
m'avaient pas quitté : l'un était encore à
mes pieds, l'autre à ma tête. Ils continuaient les persécutions dont mon infortuné pantalon était le théâtre. Après l'avoir
déchiré en deux parties à force de le ti-
railler en sens contraire, ils avaient mis à

6

découvert mon corps, particulièrement le ventre & la poitrine; puis, de l'examen attentif de ma peau, ils étaient passés à celui de mes côtes, qu'ils paraissaient vouloir ouvrir afin de voir ce qu'elles renfermaient. Pour parvenir à leur but, chacun d'eux s'était emparé d'une grosse pierre & se préparait à me briser l'estomac. C'est là le procédé auquel ils ont ordinairement recours quand ils veulent manger l'intérieur d'une tortue ou d'une noix de coco. Les deux pierres étaient déjà soulevées sur ma poitrine. Mon salut avant tout ! je fais feu sur l'un des deux orangs-outangs & je le tue; je vais faire feu sur l'autre... Le bruit du premier coup que j'avais réellement tiré en dormant m'avait éveillé... Mais en m'éveillant je me trouvai hors de moi, furieux, fou de rage & l'autre pistolet à la main. Un groupe de singes était devant moi; j'ajuste mon second coup, je lâche la détente, un singe est frappé, il tombe. Que Dieu, dans sa bonté,

préserve à jamais moi & les miens d'un
pareil spectacle ! Le pauvre singe, qui
n'était pas un épouvantable orang-outang
comme ceux de mon rêve, mais un gracieux sajou, se traîna jusqu'à mes pieds
en perdant son sang. Je l'avais blessé mor-
tellement au-dessous du cœur. Ne voulant
pas le faire longtemps souffrir, je le saisis
par la queue, & après l'avoir agité circulairement comme une pierre au bout d'une
fronde, je lui cognai la tête contre un
arbre. Mon malheureux sajou vivait encore. Avec quel air touchant il me regardait ! comme il me léchait les mains pour
que je ne le fisse pas mourir ! comme il me
priait & me suppliait avec ses petits cris
plaintifs que j'entends encore. Pour l'ache-
ver plus vite, je courus au rivage & le tins
plongé dans la mer jusqu'à ce qu'il fût
noyé. Pendant ce temps, qui me parut
aussi long que si l'on eût exercé sur moi
les mêmes tortures, ses charmants petits
yeux mourants continuaient à suivre les

miens; ses regards étaient un reproche &
une prière. Quelle déchirante agonie! Je
la subis, je la partageai jusqu'au bout. Vi-
vrais-je cent ans, ce tableau, où la souffrance avait élevé l'instinct de la bête au
niveau de la cruelle intelligence de l'homme,
demeurera sans fin dans ma mémoire. Et
ces lignes, que je n'ai pas écrites sans me
sentir remuer tout le cœur & les larmes
me mouiller les yeux, sont le châtiment
de mon meurtre inutile, car ce pauvre
singe ne m'avait rien fait.

Plus tard, je me souvins de ce que Buffon dit du sajou : « C'est un des animaux
de la plus vive & de la plus amusante espèce des singes : il est à peu près de la
grosseur d'un chat; il a le corps brun, la
face & les oreilles couleur de chair. Ils sont
fantasques dans leurs goûts et dans leurs
affections; ils paraissent avoir une forte
inclination pour de certaines personnes &
une grande aversion pour d'autres, & cela
constamment. »

Je demeurai d'autant plus consterné de
ma mauvaise action, quoique la réflexion
n'y eût été pour rien, puisque j'avais tué
le sajou quand j'étais encore sous l'hébéte-
ment du sommeil & le vertige d'un rêve,
qu'il arriva ceci quand je fus revenu à la
place où j'avais tiré le coup de pistolet :
je reconnus que ce coup avait été si malheureux, qu'en tuant un sajou j'en avais
blessé un autre dans le groupe au milieu
duquel j'avais si brutalement fait feu. Tous
les autres singes, & la plupart apparte-
naient à son espèce, s'étaient rassemblés
autour du compagnon blessé, mettaient
leurs doigts dans sa plaie & faisaient
comme s'ils voulaient la sonder. Quelques-
uns tinrent ensuite la plaie par les bords,
tandis que d'autres apportaient des feuilles
qu'ils mâchaient & poussaient délicate-
ment dans la plaie même. Ce dernier trait
dérangea toutes mes idées sur l'intelligence
de ces animaux, si maltraités par quelques
naturalistes qui ont confondu des espèces

inférieures avec des espèces très-rappro-
chées de la nôtre, comme celle des sajous,
tombant dans l'erreur énorme que com-
mettrait l'observateur ignorant qui place-
rait sur la même ligne, sous prétexte qu'ils
sont hommes tous les deux, le crétin des
Alpes & l'habitant si admirablement organisé de l'Italie & de la Grèce. Depuis,
l'exemple de singes se prêtant un mutuel
secours dans le danger & se soignant à
l'aide de remèdes spéciaux connus d'eux
seuls se renouvela si souvent à mes yeux,
que j'ai cité celui dont j'ai été témoin, autant avec la certitude d'être cru qu'avec
l'espoir de faire partager l'étonnement &
l'intérêt qu'il me causa.

Mes pauvres singes se retirèrent ensuite,
emportant avec eux leur cher blessé, & me
laissant une tristesse de plus à ajouter à
toutes les inquiétudes que j'avais déjà. Ma
journée fut mauvaise. Je ne pus en écarter
l'obsession. Je ne parvins jamais à échapper aux remords de mon détestable meurtre.

Il y avait en outre, dans la physionomie désolée de ces animaux une empreinte si particulière de bonté, de douceur, de souffrance & de résignation, un caractère si distinct de celui des autres singes, qu'ils m'en parurent tout à fait séparés, non par l'effet seul du hasard, par la démarcation mise entre eux par la nuance des genres, mais par un fait particulier dont la cause m'échappait & ne me serait jamais révélée.

Je me trompais sur les deux points : une cause existait à cette mélancolie qui les rapprochait tant de notre espèce, & il m'était réservé de la connaître.

Quand la nuit vint, j'avais déjà laissé bien loin derrière moi les acteurs & le théâtre de ces petits événements, pas si petits toutefois, convenons-en, pour celui qui, comme moi, marchait en plein inconnu. J'étais si agité d'ailleurs par le dernier, que j'avais oublié de charger de nouveau mes pistolets. Ce ne fut que vers minuit, en entendant bruire tout près de

moi, dans un massif de mimosas, un frémissement indéfinissable, un cliquetis sec
comme celui que produisent les gousses
desséchées du caroubier secouées par le
vent, que j'eus l'idée, avant d'avancer un
pas de plus, de couler de la poudre & des
balles dans mes armes. Une fois mes pistolets chargés, j'allai avec précaution à l'endroit où j'avais soupçonné le bruit. J'appuie à peine sur la pointe des pieds ; je
retiens mon haleine au fond de ma poitrine
qui bat, qui bat beaucoup, j'écarte doucement, bien doucement les branches épi-
neuses des mimosas, je les relève avec la
même prudence, j'allonge le cou, & à la
clarté de la lune, aussi lumineuse que la
veille, j'aperçois un squelette pendu à une
branche. Un squelette ! il était d'une grandeur démesurée. Ses os étant d'une blancheur d'ivoire, il se détachait sur le vert
sombre des feuilles avec une puissance de
relief à doubler la terreur mate de son
aspect. Le vent le faisait flageoler. La sen-

sation fut poignante pour moi, je l'avoue ; j'eus un frisson nerveux dans tous les membres. Pourtant je me raisonnai ; je m'efforçai de ne tirer aucune conclusion trop sinistre d'un fait dont la cause n'était pas aussi atroce peut-être que mon imagination le voulait.

Je marchai hardiment à mon squelette. Je vais le prendre par un pied... ce pied était une main. Le squelette blanc était celui d'un singe ; encore un singe ! un singe de la grande espèce, un mandrill colossal. Oui, un mandrill, cet ennemi du babouin avec lequel il partage l'empire de la férocité & de la terreur. Je jugeai, à la dimension de son squelette, qu'il avait dû dépasser en hauteur & en force tous les individus connus de cette formidable espèce. Mais pourquoi était-il pendu ? Bizarrerie sinistre ! Une autre bizarrerie que je ne m'expliquai pas plus que sa pendaison, ce fut de voir que sa peau tout entière avait été enlevée. Je n'en apercevais pas le moin-

dre fragment au pied de l'arbre. Avait-il été
écorché après avoir été pendu ? Mais alors
sa mort prenait tout de suite le caractère
tragique d'un supplice.

Comme toutes mes réflexions à l'ombre
de ce gibet n'auraient amené aucune solution, je me hâtai de m'éloigner du squelette blanc.

Mais étais-je donc condamné à voir des
singes sous toutes les formes avant de me
rencontrer avec un homme ?

Dans quelle proportion les singes et les
hommes occupaient-ils ce morceau de terre
au milieu de la mer ? On comprendra que
mon incessante préoccupation, que mon
éternelle pensée fût de savoir quel genre
de population habitait décidément cette île.

Tandis que je m'adressais pour la mil-
lième fois cette question, il me sembla,
tout en marchant toujours devant moi,
c'est-à-dire sans savoir où j'allais, que la
clarté de la lune subissait depuis quelques
minutes une notable diminution. Quelle

était la cause de cet affaiblissement ? Je levai la tête... Son disque était en effet voilé
d'un brouillard rougeâtre, légèrement mar-
bré de gris. Ce brouillard n'était pas un
nuage. D'ailleurs, par un temps aussi pur,
un nuage, signe de vent ou de tempête, eût
passé plus haut dans le ciel ; il n'eût pas
rasé comme celui-là la cime des arbres. Il
descendit même si bas un instant qu'il me
vint à la pensée que ce n'était pas même un
brouillard, mais une exhalaison du lac, une
vapeur produite par les vastes amas de dé-
tritus végétaux entassés dans l'île ; que
c'était... Pour mettre un terme à mes
doutes, je m'élançai sur un arbre, je grim-
pai aux plus hautes branches, & de là je
vis... Victoire & résurrection ! c'était la
fumée d'un feu allumé dans l'île. Du feu !
L'île était donc habitée, habitée par des
hommes ! car l'homme seul sait se procurer
du feu, l'homme seul sait en faire, l'homme
seul en a besoin. J'étais donc parmi des
hommes : j'étais sauvé... ou perdu peut-

être ; mais enfin j'étais avec des hommes. Je glissai une seconde balle dans chacun de mes pistolets.

Dès ce moment je concentrai avec énergie toutes les puissances de mes facultés ; je leur imposai de me diriger le plus rigoureusement possible du côté où je supposais qu'était le foyer dont j'avais aperçu la haute clarté. Maintenant quel était l'objet qui produisait cette clarté ? Indiquait-elle un de ces incendies extravagants comme en allument souvent les sauvages de l'Océanie, sans avoir d'autre intention que d'anéantir en quelques heures de vastes lambeaux de forêt, afin de réjouir leur vue ? Trahissait-elle le passage violent d'une poignée de pirates descendus le soir dans l'île, & partageant entre eux leur butin aux lueurs d'un embrasement assez dans leurs habitudes de destruction ? Désignait-elle l'emplacement principal occupé par la population, qui se livrait, en ce moment de silence universel dans toute la nature, à quelque ré-

jouissance, ou consommait quelque sacri-
fice nocturne à la face mystérieuse des
étoiles? Ces questions restaient toutes sans
réponse pour mon esprit, qui se les posait
avec un intérêt dont on pèsera l'importance, si l'on s'est identifié avec ma position isolée, privée de toute défense au milieu du vaste inconnu où je flottais.

Cependant le même espoir soutenait
toujours mes doutes à fleur d'eau. J'allais dans quelques heures, dans quelques
heures! me trouver parmi des hommes!
Sans doute ces hommes ne m'offriraient
pas des modèles achevés de civilisation;
sans doute beaucoup d'îles de l'Océanie,
je ne l'ignorais pas, sont depuis la création
du monde & seront longtemps encore des
nids d'anthropophages, & rien ne me disait que celle où j'avais été jeté par la tempête n'était pas de ce nombre; mais on
n'est pas toujours mangé par les anthropophages, pas plus qu'on est toujours pi-
qué par les serpents. Donc une chance sur

7

beaucoup de très-mauvaises pouvait m'être
favorable, & c'est après celle-là que je courais. D'ailleurs, l'espoir ne se raisonne pas
plus que la crainte. On sent surtout bien
plus qu'on ne raisonne quand on est tout
à coup, comme moi, replacé par la secousse d'un accident extraordinaire au milieu d'une nature primitive, de celle, après
tout, d'où l'on est sorti, & qui vient, au
bout de plusieurs siècles de transforma-
tions, rendre à l'instinct tous ses droits,
droits compromis par l'éducation & les
préjugés.

Sans m'arrêter aux magnificences d'une
fort belle nuit, fort belle même pour moi,
blasé sur les nuits incomparables du monde
austral; sans prêter l'oreille à des harmo-
nies toutes formées de notes d'un caractère
inconnu, même pour moi, dois-je encore
ajouter, car il ne faut pas oublier que chaque île de l'Océanie est un monde à part,
un univers complet en lui-même, ayant
souvent ses fleurs, ses plantes, ses oi-

seaux, ses reptiles & ses hommes différents des hommes; des reptiles, des oiseaux & des plantes de l'île voisine; sans
m'arrêter, dis-je, à ces rencontres pleines
de surprises qui effrayent & ravissent tout
ensemble, je continuai à me porter avec la
plus invariable rectitude vers le point de
l'île où je soupçonnais qu'était le feu dont
j'avais aperçu de loin la flamme.

Au bout de trois grandes heures de marche, je reconnus que, pour parvenir à ce
but si énergiquement désiré, la tâche n'é-
tait pas aussi aisée que je me l'étais figuré.
Le sol de l'île n'étant pas égal sur toute
son étendue, quand je descendais dans un
creux ou dans quelque ravin formant le
coude, je perdais immédiatement de vue
la bienheureuse lueur qui me servait de
phare. Plusieurs fois j'avais pu la retrou-
ver en m'élevant au sommet d'un arbre &
reprendre ainsi la bonne direction; malheureusement, le feu d'où jaillissait la
clarté conductrice ne s'était pas toujours

maintenu au même degré d'intensité. Il arriva même un moment, moment critique, où j'eus beau grimper sur les plus hautes branches des plus hauts arbres, je ne le distinguais plus que comme une pâle étincelle. Mes vœux les plus vifs étaient qu'il ne s'éteignît pas tout à fait avant la venue du jour, qui ne l'affaiblissait déjà que trop par son éclat. Ils ne furent pas exaucés. La lueur blanchit, se dissipa, l'étincelle ne fut plus qu'un point, le feu s'effaça; il était éteint, éteint! Situation atroce, alarmante! Une heure avant le jour, je ne me guidais plus que sur des indices incertains & des à peu près au milieu des torrents de lianes dont le sol était tapissé, & à travers des chevelures de bambous souvent impénétrables sur une surface de quarante pieds. Et alors quels longs circuits n'étais-je pas obligé de décrire!

Une découverte que je fis presque au moment même vint fort à propos contrebalancer le découragement auquel j'allais m'abandonner en ne voyant plus briller la lueur bénie que j'avais poursuivie jusque-là avec tant de ténacité. Cette découverte me frappa & m'émut profondément.

Au delà de la plaine marécageuse de bambous dont je venais de sortir, mais non sans laisser comme trace de mon passage quelques morceaux de mes habits & de ma peau, je me sentis soutenu par un terrain plus solide. C'est en passant entre les nombreux arbustes qui le couvraient & en faisaient une espèce d'immense verger naturel, que quelques fruits m'étaient tombés sous la main. Je goûte par hasard à ces fruits, & je reconnais à leur saveur qu'ils proviennent d'une culture perfectionnée. Ils n'avaient presque plus rien de l'âpreté primitive dont, en général, sont frappés tous les fruits auxquels l'homme n'a pas encore touché. Cette remarque devenait pour moi une preuve, non moins convaincante que celle du feu, que l'île était habitée. Elle me rassura beaucoup ; elle m'en-

couragea d'autant plus à persister dans
mes espérances que je pus m'affirmer, sans
redouter une déception, que non-seulement l'île était habitée, mais encore qu'elle
l'était par des hommes déjà fort avancés
dans l'agriculture, & par conséquent assez
haut placés sur l'échelle de la civilisation.

Enfin l'aube du jour paraît : le ciel s'é-
claire à peine de ses premiers rayons, que
les rumeurs que j'avais entendues trois
jours auparavant s'élèvent & déchirent
l'air. Ce sont des bruits effroyables, in-
distincts d'abord ; puis mes oreilles insul-
tées saisissent des cris qui parcourent
toutes les gradations données à la voix des
animaux sauvages, depuis le miaulement
hypocrite & nerveux du tigre, le hurlement guttural de l'hyène, jusqu'aux sifflements les plus perçants. Je reculai d'effroi
à l'explosion de cette infernale cacophonie
partie du fond d'une vaste clairière tout à
coup ouverte à quelques pas de moi par la
diffusion de la lumière. Ce fut comme une

batterie soudainement démasquée, déchargeant toutes ses pièces à la fois. Je n'eus que le temps de me jeter à droite, sans trop savoir cependant ce que j'évitais, & de me cacher derrière un tronc d'arbre fortement incliné & couvert d'un épais manteau formé de toutes sortes d'efflorescences végétales, de mousses grasses & de feuillages.

Le jour, qui ne vient pas par degrés, mais qui éclate l'été, dans ces zones inflammables, foudroya la clairière de ses clartés éblouissantes ; & par les nombreuses ouvertures laissées entre les arbres, je vis... Voici ce que je vis.

Ce que je vis semblerait tout à fait invraisemblable, si je ne prenais soin d'appuyer plus loin mes paroles du témoignage scientifique d'un des plus célèbres naturalistes allemands.

Dans une arène assez vaste, des personnages vêtus d'habits rouges, coiffés du chapeau à plumes de coq que portent les officiers anglais, formaient, assis gravement

sur un tertre, une espèce de cour martiale
au milieu de laquelle était un autre personnage pareillement vêtu de rouge. La
tête de ce dernier était couverte d'un gigantesque chapeau d'amiral.

On va partager à coup sûr ma surprise.
Ces juges étaient des singes! Oui, des singes.
Encore & toujours des singes. Mais pourquoi ces singes avaient-ils ces coiffures &
ces habits sous lesquels on a peu l'habitude de les voir dans l'état de nature? Où
les avaient-ils pris? Questions vraiment
impossibles à résoudre avant que le cours
des événements ait apporté lui-même une
explication.

Ces singes étaient des ouarines : les ouarines, espèce redoutable, qui sont, comme
dit Buffon, les plus grands animaux quadrumanes & qui approchent de la grandeur des babouins.

Ces ouarines étaient présidés par le
grand singe chargé du chapeau de général. Et celui-là était un babouin. On ne

pouvait pas s'y méprendre, moi surtout. Karabouffi second, Karabouffi l'incendiaire n'était-il pas un babouin? Pourquoi le souvenir de ce monstre m'apparaissait-il en ce moment?

« L'orang-outang, dit encore Buffon dans son admirable histoire, l'orang-outang, qui ressemble le plus à l'homme, est le plus intelligent, le plus grave, le plus docile de tous les singes ; le magot, qui commence à s'éloigner de la forme humaine & qui approche, par le museau & par les dents canines, des animaux, est brusque, désobéissant & maussade ; & les babouins, qui ne ressemblent plus à l'homme que par les mains, & qui ont une queue, des ongles aigus, de gros naseaux, ont l'air de bêtes féroces & le sont en effet. »

Autour de ce hideux tribunal & rangés en triples & quadruples cercles, je voyais une foule d'autres singes de divers genres, mais tous de la pire espèce & tous également-

7.

ment vêtus, si l'on peut dire vêtus, ou
parés, si l'on peut dire parés, de quelque
fragment de costume d'officier anglais soit
de terre, soit de mer. Celui-ci avait un chapeau supérieurement monté & empana-
ché, mais il n'avait pas d'habit rouge;
celui-ci avait un habit rouge, mais il n'a-
vait pas de pantalon; celui-ci, au contraire, avait un pantalon blanc, mais il
n'avait ni habit rouge, ni ceinturon; celui-
ci avait un ceinturon, mais il n'avait qu'un
ceinturon; celui-ci ne se distinguait que
par une paire de gants jaunes dans lesquels, faute d'habitude, il fourrait tantôt
ses mains, tantôt ses pieds, ou ce qui re-
présente les pieds chez un singe; celui-ci
avait passé ses bras dans les manches d'une
tunique bleue de midshipman, mais avec
si peu de bonheur que le devant était derrière; celui-ci brillait par un hausse-col
énorme qui lui faisait tenir la tête en l'air
comme celle d'un officier instructeur de la
landwehr, tandis que son voisin, plus fa-

vorisé ou peut-être plus gradé, car j'ignorais encore ce que signifiaient ces insignes
militaires portés par tous ces êtres dont la
gravité m'étonnait cent fois plus en ce moment que ne m'avaient effrayé les extravagances de leurs confrères, tandis que son
voisin, dis-je, portait des épaulettes d'or
sur un habit de colonel de cavalerie. Et ce
costume ne lui aurait pas trop mal con-
venu si, beaucoup trop large pour lui, cet
habit n'eût pas dû contenir la valeur de six
colonels. Il complétait l'uniforme par des
gants blancs & une ceinture à longs effilés
de soie & d'or. Si aucun de ces singes
n'étalait sur lui, on le voit, un échantillon
entier du costume militaire, beaucoup, du
moins, en offraient un fragment spécial,
& tous d'ailleurs portaient un grand sabre
ou une épée. Comment les portaient-ils ?
Là n'est pas la question.

Très-certainement je resterais à mille
pieds au-dessous de la vérité si je tentais
de dire les impressions que je ressentis à

la vue de cette insultante parodie d'une des plus nobles classes de la société; à la vue de ces arlequins d'officiers qui, tous, laissaient passer ou traîner une queue plus ou moins comique sous leurs longs habits écarlates; à la vue de ces généraux qui s'occupaient bravement à chercher des puces sur le dos de leurs collègues, tandis que leurs collègues leur rendaient le même service.

Cependant toutes ces incongruités cessèrent au cri affreusement guttural qui partit de la poitrine du singe, plus grand que tous les autres, qui occupait le tertre de la présidence.

Un grand silence se fit pendant quelques secondes. Je voulus en profiter pour mettre un peu d'ordre dans mes idées, furieusement brouillées par tout ce que je voyais se dérouler sous mes yeux ébahis. Mais comment? C'est en vain que je m'interrogeai pour savoir quelle était l'étrange société réunie devant moi. Toutefois je ne rêvais pas comme la veille, quand j'avais cru, en dormant, être assassiné par les deux orangs-outangs.

Et mon plus grand étonnement encore n'était pas de voir régner une sorte d'ordre parmi tous ces singes réunis en cour martiale, car je me souvenais de ce que dit Marcgrave & que je vais rapporter, mais c'était de voir tous ces chapeaux d'officiers, tous ces habits sur leurs têtes sans cervelle & leurs dos ridicules.

Étaient-ils tout simplement des bouffons donnant à leurs maîtres, cachés comme moi, le divertissement d'une comédie extraordinaire ? Un instant je m'arrêtai à cette supposition ; ce ne fut qu'un instant. Pouvais-je admettre qu'il se rencontrât à la fois tant d'esprits excentriques capables de livrer comme un jouet frivole, à tant d'êtres extravagants, le noble uniforme militaire, si digne, si glorieux à porter ? C'était impossible. Alors comment expliquer?... Mais hâtons-nous de citer l'illustre naturaliste Marcgrave, dont nous avons promis le témoignage, pour bien établir & parfaitement éclaircir un point qu'il importe d'abord de mettre hors de toute contestation.

« Tous les jours, dit-il dans son *Histoire naturelle* (page 226), matin & soir, les ouarines s'assemblent dans les bois ; l'un d'entre eux prend une place élevée & fait signe de la main aux autres de s'asseoir autour de lui pour l'écouter. Dès qu'il les voit placés, il commence un discours à voix si haute & si précipitée, qu'à l'entendre on croirait qu'ils crient tous ensemble. Cependant il n'y en a qu'un seul pendant tout le temps qui parle : tous les autres sont dans le plus grand silence. Ensuite, lorsqu'il cesse, il fait signe de la main aux autres de répondre ; & à l'instant tous se mettent à crier ensemble, jusqu'à ce que par un autre signe de la main il leur ordonne le silence. Au moment même ils obéissent & se taisent. Enfin le premier

reprend son discours ou sa chanson, & ce
n'est qu'après l'avoir écouté bien attentivement qu'ils se séparent & rompent l'as-
semblée. »

Le chef des ouarines, le grand babouin,
orné du chapeau d'amiral ou de général,
fit avancer, sur un signe de sa main, une
vingtaine de singes enchaînés avec des
liens faits d'écorces filamenteuses, & quand
ils furent rangés devant lui comme des cri-
minels, il les apostropha dans une succession de cris analogues à ceux qu'il avait
déjà fait entendre, mais modulés comme
s'ils eussent exprimé des idées. Ces malheureux tremblaient de tous leurs poils &
cherchaient désespérément par où ils pourraient s'enfuir. Vaine illusion ! D'autres
singes armés de bambous noueux gar-
daient les issues.

Il me fut facile, au bout de quelques
minutes d'attention suivie, de reconnaître
dans ces singes mis en jugement la même
espèce que celle parmi laquelle j'avais fait

la veille une si douloureuse victime. C'é-
taient des sajous. Ils tranchaient sur leurs
juges par des membres plus délicats, par
une conformation de crâne plus intelligente, & surtout par un caractère particulier de grande honnêteté, si l'expression est
ici admissible.

Un peu de réflexion me fit comprendre qu'ils représentaient, en zoologie,
une classe antipathique à celle qui l'avait
vaincue.

Mais quels affreux drôles, bon Dieu! que
tous ces juges formant la cour suprême du
babouin! Comme ils cherchaient à lire
dans ses yeux l'opinion qu'il leur était
permis d'avoir! Quoique quelques-uns
eussent déjà sur leurs têtes la calvitie de la
maturité ou les poils blancs de la vieillesse,
par conséquent les signes naturels de la
prudence & le caractère du respect, ils n'en
rivalisaient pas moins d'aplatissement afin
de parvenir à se faire remarquer de leur
maître. Si celui-ci poussait un hurlement,

c'était à qui parmi eux hurlerait le plus fort; s'il se grattait la cuisse en signe de méditation profonde, ils s'empressaient de s'écorcher la jambe au tranchant de leurs ongles.

De son côté, touché de tant de bassesses, l'auguste babouin saisissait parfois dans l'une des poches placées aux deux côtés de sa bouche les noyaux ou les fruits qu'il avait mâchés, & il les leur jetait à la face, cadeau royal qu'ils dévoraient avec mille contorsions de plaisir, pour montrer combien ils étaient sensibles à cette auguste saleté. Il faut descendre aussi bas sur l'échelle des êtres pour rencontrer une pareille dépravation.

Ils devraient rougir jusqu'au fond de leur âme gangrenée par le paradoxe, ceux qui ne craignent pas de mettre en parallèle l'indépendance éclairée de l'homme & les vagues sentiments d'équité que la philosophie du dix-huitième siècle s'est efforcée de concéder si gratuitement aux animaux. On voit

ce qu'il faut attendre des plus intelligents
en matière de justice. On va le voir mieux
encore par la justice distributive qui fut
rendue sous mes yeux à tous les sajous tra-
duits devant la cour suprême des singes
pour un crime que nous ignorons encore.

D'anciens orangs-outangs qui avaient
vécu autrefois en communauté d'idées ou
plutôt d'habitudes avec les sajous incrimi-
nés, tout me le faisait croire, étant sur le
point de s'attendrir aux souvenirs du passé
& peut-être de prononcer un arrêt favorable, que fit le babouin, qui vit venir de
loin cette pitié déplacée? il roula son œil
de vautour sous ses paupières plissées,
montra ses gencives sanglantes derrière un
sourire formé de deux rides : il eut un na-
sillement féroce, & la clémence des orangs-
outangs s'envola.

Le babouin jeta ensuite son bâton de
justice au milieu de l'arène. C'était un signal. Aussitôt, les singes faisant les fonc-
tions dè sbires s'abattirent à coups de bam-

bou sur les condamnés & les rouèrent avec une dureté inouïe. Tout en les battant, ils les refoulèrent hors de l'enceinte & les chassèrent enfin dans les profondeurs des bois. Il me sembla qu'on les envoyait là où j'avais vu la veille végéter mélancoliquement tant d'autres sajous leurs confrères, coupables sans doute des mêmes crimes qu'eux.

Ce grand acte de justice me parut, à certaines allures que j'interprète peut-être un peu trop à ma fantaisie, une espèce de consolidation dont avait besoin le babouin pour augmenter son autorité; car tous ces ouarines, ces magots, ces talapoins, la séance finie, coururent le féliciter, le peigner, le lécher, lui bondir respectueusement sur le dos & le saluer avec un respect mêlé de crainte. Mais ce qui me parut encore plus vraisemblable que tout ce que je suppose ici en dehors des faits matériels, c'est qu'ainsi que je l'ai déjà dit, cette farce de singes en habits d'officiers généraux an-

glais avait infailliblement pour témoins
des spectateurs cachés comme moi, & qui
s'amusaient à coup sûr plus que moi, car
ils étaient évidemment dans le secret de la
comédie.

Suivi majestueusement de toute sa cour,
le babouin se leva & se mit en marche pour
sortir du prétoire pittoresque où il venait
de trôner avec tant d'éclat.

Pouvant suivre mes personnages, je ne
dirai pas sans danger, car, bon Dieu! où
étais-je au juste? je les accompagnai pru-
demment, pas à pas, d'arbre en arbre, ce
qui me permit d'examiner l'endroit où la
justice venait d'être rendue, & d'apercevoir
non loin de là, par une déchirure fort large
dans les arbres, une foule de petites maisons peintes formant village, construites
point par point dans le goût indien, comme
j'en avais vu beaucoup à Bornéo, & en général dans l'Océanie civilisée. Des mai-
sohs! J'allais donc me trouver, non parmi
une peuplade plus ou moins anthropo-

phage, mais chez un peuple très-avancé,
au milieu d'une colonie européenne, anglaise à coup sûr, puisque les habits portés
par ces légions de singes étaient tous de
coupe, de couleur, de nationalité anglaise.
Je marchai donc avec une pleine confiance
derrière tous mes singes vêtus de haillons
bleus & rouges, & qui me servaient d'éclai-
reurs en ce moment. Maintenant et désormais je n'avais plus peur d'eux. Volontiers
je les aurais tirés par les fils de leurs haillons & par leurs queues méprisées pour
m'amuser en chemin. Des maisons! un
bourg, des hommes comme moi! Allons!
place! vils drôles! étais-je sur le point de
leur crier.

Afin de les voir une dernière fois avant
qu'ils rentrassent dans leurs cages sous le
fouet de leur maître, qui ne pouvait être
loin, je me jetai sur le bas côté du chemin,
dans une espèce de hallier. De cette ca-
chette, me disais-je, je vais donc voir dé-
filer cette procession diabolique, à com-

mencer par le chef, le grand babouin! Je
me cache, en effet, je regarde, ils passent;
& que vois-je? qui crois-je reconnaître sous
le chapeau caparaçonné de tant de plumes
de coq & dans cet habit rouge qui m'in-
cendiait les yeux, qui? mon épouvantable
babouin de Macao, celui que j'avais tant de
fois rossé, battu, que j'avais vendu il y avait
un an au vice-amiral Campbell, la veille de
son départ, Karaboufli premier, enfin! Karaboufli! Mais c'est tout à fait impossible
pourtant! Le vice-amiral l'aurait donc dé-
barqué dans cette île? Lui-même, lord
Campbell, y serait donc descendu! Il y
serait donc encore? Son équipage s'y trou-
verait donc aussi? Oh! mais encore une
fois, je me trompe, j'ai mal vu... Je me sens
au moment même doucement tirer par le
bras; je fais un mouvement, je tourne la
tête... Une figure suppliante me regardait.
Cette douce & suppliante expression qui
semblait rayonner du fond d'une intelligence humaine, jaillissait des yeux de Saï-

mira; oui, de Saïmira que je retrouvais
dans cette île comme j'avais retrouvé le babouin, & par la même raison, sans doute,
que j'y avais rencontré le babouin. Ma
charmante chimpanzée s'efforça de nouveau de me faire comprendre, en me tirant par le bras & en me regardant avec
une persistance significative, que je devais
la suivre. Voyant que je résistais encore,
elle poussa plusieurs petits gémissements
& me lécha les mains. Elle avait, pour
ainsi dire, parlé d'abord, elle priait maintenant. Évidemment je courais quelque
grand danger. Je la suivis. Sa joie fut complète alors. Et comme en marchant dans
les halliers elle baissait la tête, je devinai
son intention, je la baissai aussi. Il y avait
péril pour moi à être vu. Au bout d'un
quart d'heure de cette marche furtive dans
les hautes bruyères, nous parvînmes à un
endroit que je supposai être le derrière des
maisons aperçues par moi dans l'éloignement & dont l'aspect m'avait envoyé tant

d'allégresse & tant de confiance. Saïmira m'arrêta. Que voulait-elle? me montrer sur la gauche une rangée de cages qui toutes, excepté une seule, étaient ouvertes & vides: Saïmira s'approcha de la cage fermée; elle m'y attira. Je regardai. Le prisonnier, c'était Mococo, l'autre chimpanzé, celui que j'avais vendu avec Saïmira le jour de ma grande vente au vice-amiral Campbell. Mococo!

Mon premier mouvement est d'ouvrir la cage au pauvre chimpanzé. Le voilà donc libre. Mais libre, mon cher Mococo hésite s'il ira vers Saïmira ou vers moi qu'il reconnaît. Son cœur est partagé. C'est vers moi qu'il s'élance. Il appuie, comme un enfant, pendant plusieurs secondes, sa tête sur mon cou. Elle y reste collée. Je sentais battre sa poitrine. Quand il eut bien tendrement promené ses deux mains sur mon visage & touché mes joues avec son museau, il se précipita à terre & posa sa patte frémissante sur le dos de Saïmira,

tandis que la gentille Saïmira posait sa
main sur lui. Il dut s'échanger entre ces
deux êtres, qui avaient évidemment souffert d'une dure séparation, puisque la chim-
panzéè était libre & le chimpanzé captif,
des confidences à coup sûr impénétrables
pour nos esprits différents ; mais on sentait
bien que, si Dieu a donné à l'intelligence
la supériorité sur l'instinct, dans tout ce
qui touche aux idées, il n'a mis aucune
inégalité entre nous & certains animaux
dans l'explosion des sentiments simples,
primitifs, à l'aide desquels se maintient
l'harmonie universelle du monde, qui re-
pose sur l'entraînement réciproque des
êtres dont il se compose.

Cette scène attendrissante durait depuis
un quart d'heure quand Saïmira tendit
l'oreille avec anxiété & la retira plissée
avec effroi. D'un mouvement spontané
elle repoussa Mococo au fond de sa cage.
Elle me lança ensuite un coup d'œil que
je compris. Je savais depuis longtemps in-

terpréter la mimique de ces animaux : langage bref, invariable, écrit pour l'éternité le premier jour de la création. Saïmira m'engageait par ce signe, par cet éclair, à vite tirer le verrou sur le pauvre prisonnier. Ce que je fis. Elle avait entendu un bruit. J'écoutai, j'entendis aussi. C'était le rauque grognement du babouin. Il y avait du triomphe dans sa voix cynique.

La terreur de Saïmira, la présence du babouin qui causait cette terreur m'en dirent assez pour me convaincre que c'était lui qui tenait Mococo captif. J'en conclus encore qu'il était le maître & le vainqueur de l'île où j'étais. Quel rôle jouaient donc les habitants au milieu de ce monde mystérieux dont je me sentais de plus en plus enveloppé? Ce n'est pas la demi-intelligence de Saïmira qui était capable de me l'expliquer. Tout ce que son affection pour moi lui suggéra, & c'était déjà prodigieux comme raisonnement, ce fut de m'entraîner avec elle, afin de m'éloigner de la rencontre redoutable de Karabouffi premier. Je la suivis donc encore.

Le chemin qu'elle prit fut l'opposé de celui par où elle calculait avec raison que venait le babouin.

Nous doublâmes un angle de la rangée des maisons tandis qu'il tournait l'autre angle pour se rendre à la cage de son rival devenu son prisonnier. Le jour commençait à brunir. Nous longeâmes, sans être vus, le devant de ces maisons que je croyais être celles de la colonie anglaise de la station.

C'est en passant au front de ces habitations si gracieuses à distance que je remarquai que les croisées étaient brisées, démantelées, privées violemment ici de leurs gonds, là de leurs carreaux, là même de leurs châssis. Quel épouvantable désordre !

En levant les yeux, j'aperçus aux fenêtres du premier étage, au bout de plusieurs bâtons & d'une foule de hampes de dra

peaux, toutes sortes de choses qui pendil-
laient : des habits d'uniforme déchirés, des
cravates, des bottes, des souliers dépa-
reillés, des chapeaux dont le fond n'exis-
tait plus, des bouteilles vides, des pantalons, des serviettes, des chiffons de toutes
les couleurs, beaucoup de chemises & même
quelques drapeaux.

Qui donc avait commis cet acte d'incroyable folie? qui donc avait produit tant
de dévastations & tant de désolations, suites
forcées d'un saccagement, d'un pillage,
d'une sauvage extermination?

Il n'est pas possible d'admettre, me disais-je, que des singes, car leurs ongles
étaient incrustés partout & leur perversité
visible à toutes les places, que des singes
se soient rendus maîtres, soit par surprise,
soit par force, d'une garnison composée de
braves soldats, d'excellents officiers; qu'ils
les aient massacrés depuis le premier jusqu'au dernier, qu'ils se soient installés
dans leurs demeures & se soient approprié

ensuite, pour les déshonorer à ce point, leurs habillements, leurs meubles & leurs drapeaux.

Les sollicitations de plus en plus pressantes de Saïmira ne me permirent pas de prolonger mes réflexions. Elle & moi disparûmes dans l'ombre & l'épaisseur d'un bois voisin. Nous marchâmes plus de trois heures sous des voûtes sombres de banians.

Ce n'est qu'après m'avoir vu me cacher dans une grotte naturelle formée de roches couvertes de mousses longues comme des toisons de brebis, enveloppées de ces milliers de choses végétales qui accidentent le sol de l'Australie, que Saïmira se décida à me quitter. Elle ne partit pas sans me laisser pour adieu un long regard plein de prières, de compassion & de craintes, adieu éloquent qui se traduisait pour moi en recommandation expresse de ne pas sortir de ma retraite.

Que n'ai-je suivi ce conseil! Mais, après huit jours de réclusion dans la grotte, l'en-

8.

nui s'empara de moi, un ennui que ne
calmaient pas les soins de Saïmira, attentive à venir chaque jour me distraire par
sa présence. Je n'oublierai jamais les efforts de son esprit pour s'élever au niveau
du mien, dont je ne veux pas dire qu'elle
pénétra toutes les pensées. Dieu a mis
entre les êtres des bornes qu'ils ne franchi-
raient pas sans usurper son autorité; mais
elle devint, à force de recherches inspirées
par sa tendresse, presque aussi intelligente
qu'une enfant. Elle me caressait de son
souffle velouté, dormait ses deux petits
bras passés autour de mon cou, ou elle allait me cueillir au haut des arbres, quand
je dormais moi-même, des fruits qu'elle
déposait à l'entrée de ma grotte. Excepté
le sourire & la parole, ces deux attributs
de l'homme, & de l'homme déjà à demi
civilisé, elle avait toutes les facultés des
êtres supérieurs à elle : la prévoyance, le
souvenir, la sensibilité, l'affection et presque la pudeur. Un jour que je lui avais

gardé une petite orange de la Chine, fruit
fort rare dans cette île, car je n'y ai rencontré qu'un seul oranger qui portât des
mandarines, & je suppose que le germe
avait été apporté par les vents, elle la prit
avec joie ; mais quelque prière que j'em-
ployasse pour qu'elle la mangeât, elle refusa constamment ; elle se contenta de la
faire rouler pendant quelques minutes
entre ses deux mains & de la regarder
comme une chose précieuse ; puis elle joua
pensivement de ses doigts distraits avec le
lien fibreux qui était encore attaché à la
mandarine & qui la fixait à l'arbre au moment où je l'avais cueillie. Saïmira réflé-
chissait. Quand elle me quitta ce jour-là,
elle emporta avec elle la jolie orange dont
je lui avais fait cadeau. Le lendemain elle
revint, selon son habitude, me visiter dans
ma grotte. Tandis qu'elle jouait avec moi,
je m'aperçus qu'elle portait autour du poignet une petite corde roulée sur plusieurs
tours. Je voulus enlever ce lien, craignant

qu'il ne la fît souffrir. Saïmira retira vivement sa main, & son regard sembla me
dire : « Laissez-le-moi ! » Je devinai, je
me souvins ! Ce bracelet, auquel elle atta-
chait tant de prix, était la fibre annexée à
l'orange de la Chine. Mococo avait eu
l'orange, qu'elle n'avait pas mangée afin
de la lui donner, & elle, heureuse du plaisir qu'elle lui avait causé, avait gardé à
son poignet le doux souvenir de ce partage.
Ému profondément de ce trait délicat dans
ce gracieux animal, dont j'avais, il est vrai,
ébauché moi-même l'éducation à Macao, je
pris son joli corps dans mes deux mains &
pressai de deux baisers le sommet de sa
tête. Ses yeux me regardèrent doucement
de bas en haut, comme si j'eusse été le ciel
pour elle. J'eus peur de leur expression.
C'était trouble & divin. Une âme d'ange
était prisonnière sous cette enveloppe; elle
cherchait à sortir, à s'unir à la mienne. Ce
cri m'échappa : « Saïmira ! Saïmira ! » Un
gémissement inouï me répondit. Je fus pé-

trifié. Si cette scène s'était prolongée, je serais devenu fou.

Ce n'est pas seulement l'ennui qui me décida à m'échapper de cette retraite, où je vivais sans doute avec quelque sécurité, c'est aussi ma dignité d'homme. J'avais honte d'être tenu en échec par des créatures sur lesquelles la nature nous a délégué l'autorité. D'ailleurs, passer ma vie dans cette grotte me semblait une intolérable position. Il fallait, un jour ou l'autre, en sortir. J'en sortis tout de suite, & voici à quelle occasion.

J'avais l'habitude de m'éloigner de mon gîte dès que la nuit était venue, soit pour me donner de l'exercice, soit pour aller chercher, quand la lune était claire, des œufs de ramiers que je faisais cuire dans un trou creusé dans le sable, & au fond duquel j'avais entretenu un feu ardent pendant quelques heures. Les allumettes phosphoriques que j'avais toujours sur moi en ma qualité de fumeur me procu-

rèrent facilement du feu. Grâce à la boîte
de plomb où elles étaient enfermées, l'eau
de mer ne les avait pas altérées pendant
mon naufrage, tandis que mon tabac, au
contraire, avait beaucoup souffert.

Le dernier soir de mon séjour dans la
forêt, j'aperçus du bord de ma grotte, au
moment de la quitter pour n'y plus rentrer, une flamme pareille à celle que j'avais
vue aux premières heures de mon naufrage. Mais qui donc, me demandai-je encore avec la même agitation d'esprit, al-
lume ces grands feux dont la clarté monte
si haut dans l'espace? Je ne vois que des
hommes qui seuls puissent... Mais je
n'osais plus croire à leur existence sur
cette île énigmatique depuis que j'avais été
si souvent déçu. Pourtant, d'un autre côté,
admettre que des singes soient assez ingénieux... Je n'admis rien, je ne supposai
rien; je me dirigeai en droite ligne vers ce
feu que j'estimai être placé entre moi &
ces maisons saccagées dont j'avais encore

le lamentable tableau dans le souvenir. M'étant ainsi orienté, en moins d'une heure & demie de marche je fus excessivement près du foyer de combustion. Lorsque je n'en fus plus qu'à quelque cent pas, le terrain, jusqu'alors uni, s'éleva brusquement, & je sentis que j'attaquais le revers d'un volcan. Le sol devint friable & criant sous mes pieds; je jugeai que je foulais d'anciennes laves. Du reste, ceci ne m'étonna pas. Je savais que presque toutes les îles de l'Océanie fourmillent de volcans éteints ou en éruption. Mais pourquoi cette émission de flammes n'avait-elle frappé ma vue que deux fois? pourquoi avait-elle cessé pour reprendre au bout de huit jours? Ce n'était point là la marche ordinaire de ces violences physiques.

Toutes mes incertitudes cessèrent.

IV

Une lueur fatale m'attire. — D'où jaillissait-elle? —
Nouveau péril auquel je suis exposé. — Le marchand est reconnu par son ancienne marchandise.
— Trois cris. — La guirlande vivante. — Un
tyran au poil & à la plume. — La télégraphie des
bras. — A quel usage? — On sonne le dîner. —
La vérandah. — Les salons & la cuisine. — Le
pot de confitures de coing. — Sage réflexion que
je me permets à ce propos. — Une soirée de singes verts & d'ouistitis. — Désespoir! je pince de
la guitare. — Comment se termine cette délicieuse
soirée.

Au sommet du cône que j'avais franchi,
une scène de la plus saisissante étrangeté
m'attendait.

Des myriades de singes immobiles & silencieux, silencieux & immobiles jusqu'au
moment où ils m'aperçurent, couronnaient
la crête du cratère d'un petit volcan qui

ne devait plus être depuis longtemps en
activité.

Les flammes qu'il lançait par colonnes
provenaient d'une combustion formidable
alimentée par des bataillons de singes occu-
pés à jeter dans ce trou des brassées de branches de thuya & d'érable, des arbustes tout
entiers & des amas de feuilles sèches qu'ils se
transmettaient les uns aux autres avec une
incroyable rapidité, & comme les matelots se font passer de main en main, quand
ils chargent un vaisseau, les marchandises
qui vont du quai à la cale. Le bois qui
tombait, branches, racines, écorces &
feuilles, dans la gueule du cratère, venait
peut-être d'une lieue au loin. L'abatis &
le va-&-vient étaient inépuisables, le feu
inépuisable, les bras en mouvement infatigables. Et c'était à donner le vertige de
voir les flammes éclairer en dessous ces
yeux scintillants, pétillants comme des
étincelles électriques; ces barbes agitées,
ces corps en sueur, ces figures ridées, ces

9

jambes torses & ces bras velus se tendre,
recevoir & jeter ; de voir se développer
dans un cercle infini, autour de ces ou-
vriers essoufflés, des spectateurs sérieux &
graves comme des derviches en adoration
devant le feu.

Mais à qui donc ces singes infernaux
avaient-ils vu pratiquer ce travail régulier
de destruction, qu'ils avaient l'air maintenant de continuer sans pouvoir s'arrêter,
comme des machines que ne saurait plus
enrayer celui qui les aurait une fois mises
en mouvement? C'est là ce que le hasard
m'apprit quelque temps après (1). J'ai dit

(1) Polydore Marasquin eût été moins surpris de
voir des singes agir avec cet ensemble de volontés
& cet accord d'idées qui lui semblaient le partage
exclusif des facultés dévolues à l'homme, s'il eût
connu ce passage de Kolo (*Description du cap de
Bonne-Espérance,* t. III, p. 57 & suivantes) : « Voici
la manière dont les singes pillent un verger, un
jardin ou une vigne. Ils font, pour l'ordinaire, ces
expéditions en troupes : une partie entre dans l'en-
clos, tandis qu'une autre partie reste sur la cloison
en sentinelle, pour avertir de l'approche de quelque

que tous ces singes incendiaires avaient
été silencieux jusqu'au moment où ils m'a-
perçurent.

Ils m'aperçurent! Le silence fut rompu.
A partir de cette minute, ineffaçable dans
ma vie, il faudrait le pinceau nécroman-
tique de Callot où plutôt son ergot diabolique, qui a déchiré le cuivre & en a fait
jaillir la *Tentation de saint Antoine,* pour
écrire ce qui m'arriva.

D'abord un bruit qui faillit me coucher
par terre, tant il avait le caractère d'un ou-

danger. Le reste de la troupe est placé au dehors
du jardin à une distance médiocre les uns des autres, & forme ainsi une ligne qui tient depuis l'endroit du pillage jusqu'à celui du rendez-vous. Tout
étant ainsi disposé, les babouins commencent le
pillage & jettent à ceux qui sont sur la cloison les
melons, les courges, les pommes, les poires, etc., à
mesure qu'ils les cueillent : ceux qui sont sur la
cloison jettent ces fruits à ceux qui sont au bas &
ainsi de suite tout le long de la ligne, qui pour
l'ordinaire finit sur quelque montagne. Lorsque les
sentinelles aperçoivent quelqu'un, elles poussent
un cri : à ce signal, toute la troupe s'enfuit avec
une vitesse étonnante. »

ragan, succéda au silence contemplatif avec
lequel toutes ces créatures jouissaient de la
vue de leur enfer avant l'événement de ma
présence.

On saluait ma bienvenue.

Leur éternel ennemi, l'homme, tombait
au milieu d'eux.

Et un homme qui avait vendu des
singes !

Un homme qui avait même vendu plusieurs d'entre eux à Macao !

Un homme qui les avait contraints à
franchir des cerceaux & à jouer du tam-
bour de Basque !

Un homme qui les avait quelquefois
fouettés pour les forcer à valser, une rose
sur l'oreille, un chapeau de bergère sur la
tête & une houlette à la main !

Un homme qui les avait aussi quelquefois durement privés de pain & d'eau parce
qu'ils ne voulaient pas endosser des cu-
lottes de marquis & saluer à la française !

A quoi ne devais-je pas m'attendre ?

Karabouffi premier, assis sur un bloc de lave, présidait cette fête, comme du reste il présidait toutes choses dans cette île, soumise, & je ne savais encore comment, à sa souveraineté. Ses ministres, on l'a vu, n'étaient que ses valets & ses bourreaux.

Je venais, ai-je dit, d'être aperçu.

Après ce grand bruit dont je viens de parler, tous mes anciens pensionnaires de Macao se ruèrent sur moi ; les autres les suivirent. J'allais être déchiré.

C'est au moment de cette crise que j'eus lieu de remarquer que les habits dont cette odieuse troupe s'était affublée portaient des boutons où je lus avec un étonnement qui ne fut pas loin de produire en moi une poignante certitude, le nom de la frégate du vice-amiral Campbell, c'est-à-dire *Halcion*.

Où étais-je donc alors ? Que s'était-il donc passé ?

Je ne l'aurais probablement jamais su sans le cri poussé par Karabouffi au mo-

ment suprême où je disparaissais sous une
montagne de babouins, d'allouates, de
mandrills, de magots & d'orangs-outangs.

Les griffes s'arrêtèrent.

Karabouffi avait d'autres intentions sur
moi.

Il lança trois autres cris gutturaux écou-
tés avec une attention profonde.

L'ordre était donné, il allait être rempli.

Sur un dernier signe de Karabouffi, ces
bouffons de la création se réunirent comme
des paquets de serpents & formèrent rapidement deux chaînes. Ils se nouèrent l'un
à l'autre par le prolongement de leur quêue.
Une moitié de cette chaîne vivante m'en-
toura le cou, l'autre moitié m'enlaça les
deux jambes, & je me vis, sans pouvoir
opposer la moindre résistance à cet étran-
glement, le nœud, le point central de ces
deux moitiés, qui ne formèrent bientôt
plus qu'un tout, qu'une seule chaîne,
qu'une seule guirlande animée, convul-
sive. Cette soudure opérée, la partie de la

chaîne qui représentait la tête s'élança avec
l'impétuosité d'une flèche sur l'autre bord
du brasier ; la partie qui représentait la
queue ne se détacha pas du bord où j'avais
été saisi ; & un balancement vertigineux
commença. Qu'on se peigne, si cela se peut,
ma triste & ridicule situation, oscillant de
droite à gauche & de gauche à droite, un
brasier de cent mètres de largeur, tout
rouge, tout béant sous moi.

Chaque ondulation devenant à chaque
tour plus vive par l'ivresse toujours croissante de mes bourreaux, je fus porté de
courbe en courbe à soixante mètres d'un
côté, à soixante mètres de l'autre ; puis...
mais comment calculer cette effroyable
progression dans la situation d'esprit où
j'étais ? Vingt mille spectateurs au moins,
ou plutôt vingt mille grimaces, vingt mille
contorsions, bordaient, sur une épaisseur
de cinquante rangs, l'ouverture du cratère au-dessus duquel je flottais. C'était
comme une forêt de poils, piquée de mu-

seaux jaunes & noirs, hérissée de dents qui
remuaient & grinçaient. Et de distance
en distance, de gigantesques magots, cons-
tables quadrumanes armés de bâtons, se
dressaient pour rétablir l'ordre dans la
fête. Quelle fête! Tantôt je me croyais lancé
dans les nuages, tantôt je sentais l'ardeur
du feu me brûler le dos. Je ne parle pas de
la douleur que j'éprouvais à être ficelé,
entortillé par ces cordes nerveuses qui
m'entraient à vif dans les chairs. Et je n'é-
tais pas au terme du supplice!

Le balancement formidable augmentant
de seconde en seconde, la guirlande de
singes dont je faisais partie dépassa bientôt son point ascensionnel le plus élevé,
& alors ce ne fut plus un simple mouvement alternatif plus ou moins périlleux
que j'éprouvai, mais un tournoiement d'a-
bord rapide, puis acharné, puis foudroyant.
J'avais été le balancier d'une pendule, je
fus la roue d'une voiture, les ailes d'un
moulin, la pierre d'une fronde. Et je tour-

nai, je tournai, je tournai à devenir vert,
rouge, pourpre, violet, bleu, à devenir
fou. Je criai; mes cris de souffrance, de
désespoir & de peur se perdaient au milieu des glapissements, des hourras, des
hurlements frénétiques de ces myriades
d'êtres malfaisants. Quand ils m'eurent
assez secoué & fait pirouetter à cœur joie,
ils terminèrent ainsi leur atroce farce. Im-
primant une dernière & furibonde secousse
—ah! c'est délirant à penser!—à la courbe
immense de la chaîne, lorsqu'elle fut par-
venue au plus haut degré de violence gira-
toire, ils la rompirent d'un seul coup: elle
se défit au centre que je formais moi-même.
Je fus lancé comme une balle par-dessus
le brasier, par-dessus les spectateurs dans
l'enthousiasme, par-dessus tout, à cent mètres ou à deux cents mètres au loin. Comment n'ai-je pas été brisé en tombant?
Dieu me réservait-il pour d'autres supplices?

A quoi pensiez-vous, me demanderont

peut-être mes lecteurs, lorsque vous vous
promeniez ainsi dans l'espace & d'une façon si en dehors des habitudes de notre
organisation? Je pensais combien nous
sommes cruels quand nous mettons, pour
varier nos plaisirs, des chats ou des chiens
dans la nacelle d'un ballon, & combien
j'avais été moi-même blâmable en attachant
un jour un pauvre singe, qui en mourut
d'effroi, à la queue d'un cerf-volant, afin
d'amuser les oisifs de Macao. Moi aussi, je
venais d'être attaché à la queue d'un cerf-
volant. Quel droit avais-je de me plaindre?
En revenant à moi, & j'ignore combien de
temps dura l'évanouissement qui suivit
mon horrible chute, j'aperçus deux mandrills de la plus scélérate espèce en sentinelle, le sabre à la main, près de moi, imitant, autant que la parodie imite la vérité,
l'allure & la rigidité des factionnaires anglais. Mais, par défaut d'expérience, au
lieu de se borner à mettre une guêtre à
chaque jambe, chacun des mandrills avait

mis quatre guêtres, une à chaque jambe, une à chaque bras. Je n'attribuai cette grotesque superfétation, je le répète, qu'à un pur défaut d'expérience, car les singes n'ont pas encore parmi eux, je le suppose du moins, des feld-maréchaux assez ingénieusement rapaces pour décréter une addition de costume sur laquelle, s'entendant avec les fournisseurs, ils gagneraient des millions.

Sans m'habituer encore à cette société automatique, je commençais cependant à m'expliquer vaguement pourquoi elle m'offrait la copie, copie fantasque et grimaçante, de la vie des hommes civilisés, de notre vie enfin. Ces boutons d'uniforme, vus par moi au moment de mon supplice, m'avaient envoyé une lueur au cerveau. A coup sûr, ces animaux à demi intelligents & ces hommes dont ils traînaient & souillaient les dépouilles avaient vécu ensemble. Le fait devenait désormais incontestable.

Sans doute il restait toujours à savoir

comment les uns avaient eu les dépouilles
des autres; mais c'était là une question peu
facile à résoudre immédiatement, surtout
sur le terrain menaçant où je marchais.
Essayez donc de réfléchir quand le foyer
de la réflexion, la tête, est sous la menace
perpétuelle d'une massue en bois de fer.

Les deux sentinelles aux quatre guêtres
me voyant éveillé, m'ordonnèrent par un
signe de les suivre. Je ramassai mes forces
& j'obéis.

Ils me conduisirent aux maisons dont
j'avais constaté le saccagement huit ou dix
jours auparavant sous la protection de l'intéressante Saïmira.

Qu'était devenue Saïmira?

Qu'était devenu Mococo?

Qu'allais-je moi-même devenir?

Mes deux gardiens m'introduisirent à
coups de plat de sabre dans celle des maisons qui offrait la plus belle apparence
extérieure, & que je supposais avoir été le
quartier général de la Station, l'apparte-

ment occupé par lord Campbell. Hâtons-
nous d'ajouter que l'intérieur ne différait
guère de l'intérieur désolé des autres maisons. Plus de portes; les rideaux de soie
des croisées arrachés; les croisées démantelées. Pourtant, une espèce d'ordre régnait
au milieu même de ce lamentable chaos.
Ainsi, les tableaux, après avoir été chassés de leurs clous, avaient été remis en
place, mais renversés, c'est-à-dire que
les paysages, par exemple, avaient la cime
de leurs arbres en bas. J'avoue que, pour
quelques-uns de ces tableaux, la chose était
parfaitement indifférente, & que pour quelques autres elle était un réel avantage. Je
ne serais pas étonné que beaucoup de gens
fussent de mon avis, après avoir essayé l'effet de ce renversement sur quelques tableaux modernes.

Karabouffi premier, prévenu de mon
arrivée par un ricanement de mes sbires,
courut au-devant de moi. La vue du babouin me fit peur, plus peur encore que

de coutume. Voici à quoi tenait ce sur-
croît de terreur. De haut en bas il était
couvert de plumes. Ce singe métamor-
phosé en oiseau me remplit d'abord d'une
surprise grossie d'épouvante. Cependant,
l'ayant mieux examiné, je m'assurai que
les milliers de plumes sous lesquelles il
avait presque disparu étaient des plumes
à écrire. Que signifiait ?... Oui, des plumes
qu'il avait fourrées sous ses bras, sur ses
oreilles, dans la bouche, même dans le nez,
et qu'il avait fichées surtout dans la masse
ondoyante de ses poils. Dans le mouvement
qu'il fit pour venir vers moi, quelques-
unes de ces plumes s'étant détachées, je
remarquai que la plupart étaient taillées.
Les deux orangs-outangs qui l'accompagnaient & qui paraissaient être ses premiers ministres, étaient pareillement cou-
verts de plumes, toutes taillées aussi.

Il me précéda dans la pièce principale
d'où il était sorti pour me recevoir, & là
je vis une centaine de sapajous très-agités,

très-affairés, renversés sur des pupitres, trempant des plumes & bien souvent leurs bras dans des encriers sans nombre, écrivant ensuite sur des feuilles de papier placées devant eux, imitant enfin les expéditionnaires de nos administrations publiques à Macao. Ils allaient comme le vent; les plumes criaient, les feuilles volaient.

Quand l'un de ces papiers était suffisamment noirci, barbouillé par ces sapajous, ils le passaient à des sapajous plus vénérables; ceux-ci le signaient & à leur tour le renvoyaient à d'autres sapajous encore plus graves; ceux-là signaient encore le papier, mais ils y appliquaient leur sceau. Remis ensuite par eux à d'autres sapajous qui attendaient au dehors, le papier était transmis sans perte de temps à des sapajous plus alertes placés plus loin et de distance en distance, ainsi que j'avais vu faire quand ils jetaient du bois dans la fournaise où j'avais tant failli être jeté moi-même. Puis, au bout de dix minutes, le papier, qui avait parcouru l'île au moyen de ce procédé télégraphique, revenait encore aux mains de Karabouffi qui, après s'être mouché dedans, le remettait à un vieux mangabey, investi sans doute de la dignité d'archiviste.

Pour moi, il était évident que toutes ces créatures sauvages, après le départ, la fuite & peut-être l'assassinat de la station anglaise, — qui peut dire lequel des trois? — s'étaient emparées de tous les papiers de la comptabilité, de toutes les plumes qu'elles avaient trouvées, du sceau du vice-amiral, & que, par imitation servile de ce qu'elles avaient vu si fréquemment pratiquer, elles expédiaient à tort & à travers des ordres de tous côtés, faisant ainsi, sans y songer, une critique fort spirituelle de la bureaucratie européenne, cette peste qui dévore le temps, l'argent, les hommes, & se termine toujours par un papier dans lequel le dernier qui le reçoit a le droit de se moucher, & s'y mouche.

Karabouffi me lança impérieusement au visage plusieurs mains de papier, plusieurs paquets de ces plumes toutes taillées. Le geste expressif qu'il m'adressa ensuite m'apprit que j'avais à me servir sans réplique de ces plumes et de ce papier, absolument comme ceux de ses employés qui instrumentaient devant moi.

Pendant trois fois vingt-quatre heures, lui & les siens ne me permirent ni de quitter ma place ni de laisser reposer ma plume. Je fus contraint, sous peine de tout ce qu'on peut imaginer de terrible, de noircir à tour de bras, & dans tous les sens, des montagnes de papier; & quand toutes ces feuilles avaient disparu sous des nuages d'encre, un de ces scribes bizarres les retirait à mesure de dessous ma main & les remettait, ainsi que je l'ai déjà dit, à une série de singes chargés de leur faire faire le tour de l'île. Pendant soixante-douze heures je n'eus pas même le repos de la nuit, car mes ennemis, doués la plupart, comme on sait, de la faculté d'y voir dans l'obscurité, dès qu'il m'arrivait de fléchir sous le poids du sommeil, me poussaient le bras, me tiraient cruellement par les cheveux, me piétinaient sur les épaules ou me labouraient le visage avec leurs ongles. Quelle torture !

Oh ! comme je pris en sincère pitié alors ces jeunes générations d'hommes condamnés, par la médiocrité de leur naissance ou la stupidité de leurs parents, à écrire du matin au soir dans une administration ! Dans l'enfer il doit y avoir un cercle où de profonds coupables subissent ce genre de peine bureaucratique. Les adultères, qui ont tous la manie d'écrire des lettres, sont peut-être condamnés à ce supplice que j'endurais, mais si gratuitement, moi, parmi les singes.

Le quatrième jour de ce singulier travail pénitentiaire, j'entendis retentir une cloche, & à ce bruit je me crus sauvé. Je ne pouvais attribuer qu'à un homme la

faculté d'employer cette manière d'appeler.
Aussi quittai-je résolûment ma redoutable
besogne & me mis à courir de toute la rapidité de mes jambes vers l'endroit où je
supposais qu'on agitait la cloche. D'ailleurs j'étais décidé à mourir plutôt qu'à
demeurer plus longtemps à la place où la
contrainte & les coups m'avaient enchaîné
pendant trois jours & trois nuits. Mes gardiens n'osèrent pas me retenir. J'arrivai
tout d'une haléine sous le poteau auquel
était fixée la cloche : mon désappointe-
ment fut complet ; ce n'était pas un homme
qui tirait le cordon qui la faisait mouvoir,
c'était... ai-je besoin de dire qui c'était ?
Oui, ils avaient appris même cet exercice,
à la vérité plus facile à copier que bien
d'autres, mais dénotant toutefois une succession d'idées assez compliquées, ainsi
qu'on va en juger.

Le poteau de la cloche s'élevait à l'angle
d'une vaste cour dont les quatre côtés
étaient formés par une galerie de pièces

élégantes à arceaux ; elle recevait l'air &
la lumière à travers une immense tente de
toile rose toujours ballonnée par le vent,
& jouissait de l'éternelle fraîcheur qui
montait d'un bassin naturel ouvert au
centre même du carré. Un gazon abon-
dant, des arbustes & des fleurs compo-
saient une ceinture à ce gracieux bassin.
Réunis en bouquets par le ruban des
lianes, cette chevelure des tropiques, des
bambous couraient de leur taille fine & de
leur feuillage lustré jouer avec le voile
transparent du plafond aérien, à soixante
pieds du sol. Dans l'Inde, on appelle cette
partie principale de la maison, ce foyer
d'air par où elle respire, une vérandah.
L'Inde a-t-elle emprunté les vérandahs
aux Maures, ou bien les Maures ont-ils
pris les vérandahs aux Indiens pour les
transporter en Espagne & en Portugal?
C'est là ce que j'ignore. Tout ce que je
sais, c'est que les habitants dînent là pendant les fortes chaleurs, s'y promènent le

soir & y dorment souvent la nuit. Les di-
vans de Caboul, les tapis de Cananor, les
nattes de Ceylan, les hamacs de Manille,
sont les meubles ordinaires des vérandahs.

Karabouffi, qui s'était appliqué sans
façon les plus beaux logements, avait
choisi la vérandah pour lui & sa cour.
Profitant des longues tables toujours dres-
sées & destinées aux officiers de la station,
lui & sa suite y mangeaient quelquefois
aussi, bien entendu sans jamais changer le
couvert.

Je tombai, en arrivant à la vérandah, au
milieu du plus navrant désordre qu'on
puisse imaginer : c'étaient des assiettes
éparses, des porcelaines fracassées, des
plats d'argent semés partout, des carafes
fendues, des fourchettes piquées par leurs
dents dans le bois de la table, des bouteilles couchées sur le flanc, des verres em-
pilés les uns dans les autres.

La cloche que j'avais entendue avait
sonné le dîner.

Karabouffi se carra au milieu même de la table, entre une soupière & un huilier; ses favoris s'assirent autour, dessus & dessous.

J'avoue que, par la faim dont j'étais travaillé, je glissai très-indifféremment sur le caractère des convives & sur leur posture. Les Français mangent assis; les Anglais mangent sans serviette; les Chinois mangent avec de pétites baguettes d'ivoire; les Orientaux avec leurs mains & sans fourchette; les Thibétains mangent debout; les Romains mangeaient à demi couchés; les Indiens américains mangent avec des arêtes de poisson en forme d'aiguilles. Pourquoi trouver mauvais que d'autres êtres mangent comme ils l'entendent?

Seulement il faut avoir de quoi manger. Les végétaux que se bornaient à dévorer mes compagnons de table, & qu'ils voulaient parfois me fourrer dans la bouche, ne me souriaient pas beaucoup. Pourtant je souffrais cruellement de la faim. Pendant que je promenais des yeux attristés & hagards autour des galeries de la vérandah, dont chaque arceau, je l'ai dit, indiquait une pièce distincte, songeant aux bons repas qu'avaient pris là les Anglais, un écriteau frappa ma vue. Il était placé au-dessus d'un arceau assez éloigné; il portait ces mots peints en couleur noire sur un fond blanc : *Cuisines de l'honorable état-major*. J'y courus & plus vite encore peut-être que je n'avais couru au bruit de la cloche. Cuisines! et cuisines au pluriel! il y avait plusieurs cuisines! Inutile de dire que je fus suivi dans mon élan impétueux par les grands dignitaires de Karabouffi, foule plus intriguée qu'hostile en ce moment. Une curiosité générale semblait me protéger contre la perversité habituelle de mes tyrans quadrumanes.

J'allai si vite que je pénétrai dans une grande pièce de la vérandah placée quatre arceaux avant les cuisines. Les quatre ar-

ceaux mesuraient l'étendue d'un salon de
réception fort beau, très-vaste & bien moins
maltraité surtout que les autres divisions
de la vérandah : les fauteuils ne me parurent qu'à demi écorchés ; le lustre & les
bras de cuivre doré chargés de rameaux
ornaient encore le plafond & les murs.
Quelques meubles, dont les envahisseurs
n'avaient sans doute pas deviné l'usage,
étaient demeurés même à peu près intacts :
c'étaient un piano, un accordéon & une
guitare. Je jugeai, à toutes ces preuves de
demi-conservation, que le souvenir des
châtiments qu'ils avaient dû nécessairement recevoir des mains des cuisiniers,
leurs ennemis naturels, les tenait éloignés de ce parage des cuisines, dont ils
sont, eux, comme on sait, les gaspilleurs
éternels.

Du salon de réception je passai dans la
salle à manger, placée sur le derrière de la
vérandah, & de la salle à manger dans les
cuisines. Hélas! depuis des semaines, de-

puis des mois peut-être que les Anglais avaient disparu, je ne devais pas m'attendre à voir des pièces de gibier à la broche, des chevreuils ou des lièvres blancs. Tout était froid & mort. Mes singes avaient passé par là. Mais tout singes qu'ils étaient & qu'ils seront toujours, ils n'avaient pas su ouvrir les armoires. Les ongles de ces déprédateurs y avaient laissé leur passage écrit en longs sillons; c'était tout. Moi, je les ouvris ces armoires ! La Providence m'avait guidé. Elle éclata en pots de graisse d'oie, en pots de salaisons, en pots de confitures, en boîtes de conserves : conserves de poissons, conserves de végétaux, conserves de volailles. Jugez si je me jetai avec avidité sur ces trésors.

La prudence me commandait de ne pas être ingrat. J'offris un pot colossal de confitures de coings à Sa Majesté Karabouffi. Il y fourra sa tête jusqu'aux épaules; mais ses sujets, envieux & jaloux, voyant cela, se mirent aussitôt à le tirer par la queue &

10

par les jambes, afin de lui disputer sa possession. Karabouffi tint bon. Lui & le pot résistaient avec succès. Néanmoins je crois qu'un chef prudent ne doit pas trop manger de confitures de coings devant ses sujets. La lutte continuait, le pot commençait à se fendre, infailliblement une révolution allait jaillir de cet incident, si insignifiant en apparence. Pour ma part, je jugeai qu'une révolution en ce moment ne tournerait peut-être pas à mon avantage. Un Karabouffi mort, vingt Karabouffis surgiraient. Cela s'est vu. On a même remarqué que le dernier Karabouffi valait toujours moins que les autres. Donc, afin de prévenir une imminente catastrophe, voilà ce que j'imaginai. Je vidai un sac de noix par terre. Soudain courtisans & sujets, laissant leur chef se repaître de confitures, coururent après les noix.

En bonne politique, il convient de jeter de temps en temps un sac de noix entre gens qui se disputent.

Il y eut trêve dans le mécontentement général ; j'en profitai pour goûter à une foule de délicieuses conserves qui m'étaient tombées sous la main. J'eus soin, en les savourant, de tenir toujours l'armoire à demi fermée, afin que mes espions ne manifestassent pas le désir de partager avec moi. Ils auraient tout enlevé en un clin d'œil. Mais je ne fus bien avisé qu'à demi. On va le voir. Après avoir bien mangé, je pris une bouteille de vin dans un panier, j'en cassai le goulot & me mis à boire. Je buvais avec bonheur, je bus avec extase. Je m'oubliai dans mon extase. Je laissai s'agrandir l'ouverture de l'armoire. Or, tandis que je comptais les étoiles, selon l'expression de Sancho Pança, mes drôles se faufilèrent dans l'armoire, tombèrent sur les paniers de vin, s'emparèrent des bouteilles, ainsi qu'ils m'avaient vu faire : vous devinez le reste.

Une fois ivres, ils se dirent des injures en langage de singe, & ce doit faire frémir; ils se lancèrent à toute volée des plats à la tête, & ils s'atteignaient toujours; ils se cassèrent frénétiquement des bouteilles sur le dos, & pas une ne manquait de se briser. « Ah! me disais-je, que la nature a bien fait d'indiquer à l'homme, sa créature de prédilection, la constante modération qu'il doit apporter & qu'il apporte dans l'accomplissement de ses désirs! » Aussi ne tombe-t-il jamais, à table, dans ces excès scandaleux où je voyais se vautrer ces tristes copies de l'homme.

J'étais enchanté pour mon espèce.

On a prétendu, je le sais, que quelques hommes s'oubliaient parfois au dessert & perdaient un peu de leur sang-froid. On cite Alexandre, qui tua Clytus après boire; Charles XII, qui souffleta sa mère au sortir de table. Mais voyez combien les exemples sont rares! on est obligé d'aller les chercher au fond de l'histoire. Je sais encore qu'on a prétendu que nos plus grandes maladies résultaient du temps trop prolongé

que nous passions à table & de l'abus que
nous faisions des vins & des liqueurs. Rien
ne prouve absolument cela. D'ailleurs, que
sont quelques suppositions auprès de l'affreuse réalité étalée sous mes yeux ?...

J'aurais trouvé des comparaisons encore
plus flatteuses pour l'homme devant ce
spectacle révoltant, si j'avais eu l'esprit
assez calme pour m'abandonner à l'orgueil
des comparaisons entre cette espèce dégra-
dée & la nôtre ; mais la nuit venait, & je
la voyais s'avancer avec une crainte inexprimable : cette fois, je n'avais pas, comme
le premier jour de ma funeste descente
dans l'île, la ressource de m'enfoncer dans
les bois & d'échapper à mes ennemis. Ils
étaient là, ils étaient ivres, & j'étais au milieu d'eux.

Ma position n'était pas gaie dans ce pan-
démonium en délire, se livrant autour de
moi, dans l'obscurité, aux excentricités les
plus effroyables. L'obscurité, cette redoutable obscurité, doublait mon épouvante.

10.

Tout moyen de fuir m'était ôté. Je m'attendais à être déchiré, étranglé, étouffé, déchiqueté sur place. Aucune issue ouverte devant moi, aucune !

Dans l'excès de mon exaspération, l'idée me vint de me cacher dans une armoire & de me dérober ainsi au sort dont j'étais menacé. C'est en cherchant à mettre à exécution ce projet impossible, vu l'étroit espace où j'aurais été forcé de me blottir, que je déplaçai le couvercle d'une caisse. Ma main y pénétra, & elle saisit, sans trop avoir la conscience de son action, un objet assez lourd. Je tâte, je regarde autant qu'une clarté douteuse le permet. O bonheur ! c'était un paquet de bougies. Des bougies ! la caisse en était remplie. Aussitôt je tirai mon briquet de la poche & j'en allumai une. J'en tremblais d'émotion. Délivré de l'horreur des ténèbres dans les conditions où j'étais ! J'avais de la clarté pour toute la nuit ! Quelle surprise miraculeuse ! quelle joie ! Seulement, je ne

remarquai pas qu'en fermant l'armoire,
pour que mes espions ne me jouassent pas
quelque mauvais tour, comme pour le vin,
j'en avais enfermé un sous clef. Il poussa
un cri d'alarme. J'ouvre à ce cri aigu, qui
pouvait m'attirer une fort mauvaise affaire. C'était fini. Mon captif délivré se
place, s'accroche entre les deux battants de
façon à se faire écraser si je persiste à les
fermer... Les autres profitent de la brèche
& pénètrent dans la place, c'est-à-dire
dans l'armoire, & la caisse est pillée, pillée
en un clin d'œil. Les voilà allumant tous
leurs bougies à la mienne, s'agitant ensuite, tournoyant aux lueurs répétées de
ces folles flammes dont leurs petits yeux
sataniques sont à la fois éblouis & ravis.
D'une terreur je tombai dans le frisson
d'une autre : maintenant ils allaient me
brûler comme un fagot, avec toutes ces
flammes tremblantes, si mal assurées entre
leurs doigts, que quelques-uns se grillaient
déjà le poil. J'eus une inspiration tirée

mêmè du danger nouveau que j'avais appelé sur moi.

Je traversai la salle à manger, je me rendis au salon de réception, et là je plaçai une de mes bougies sur le rebord d'une fenêtre, & j'en allumai une seconde que je fixai sur un autre appui. M'ayant vu faire, que ne verraient-ils pas ? ils se hâtèrent comme moi de poser leurs bougies partout où ils découvrirent une place. J'avais réussi : les bougies cessaient de jouer un rôle incendiaire dans l'orgie ; mais, tout en agissant ainsi, ils avaient l'air de se rappeler maintenant qu'ils avaient vu le salon éclairé d'une façon à peu près semblable, sans doute quand le chef de la station donnait quelque soirée ou quelque bal. Ils échangeaient des regards d'intelligence. La réminiscence gagnait de place en place. Bientôt, & je considérai ce mouvement de leur part comme une preuve de cette entente qui venait de m'être révélée, ils firent la courte échelle & allèrent placer des bougies dans les bras de cuivre fixés aux murs & dans le lustre du plafond. Je m'étonnai moins de cette action, qu'ils reproduisaient comme ils reproduisent tout, que je n'avais envie de rire, quoique mon cœur ne fût guère gai en ce moment.

Ce qui me prouva jusqu'à l'évidence qu'ils avaient vu donner des soirées & des fêtes dans ce salon, c'est que l'un d'eux, plus heureux en efforts de mémoire que ses malicieux compagnons, bondit, dès que l'illumination fut complète, sur les tou-ches du piano, & les frappa avec ses mains de devant. Il avait vu toucher du piano ! Jugeant, aux contorsions enthousiastes manifestées autour de lui, qu'il était ap-précié, il se mit à frapper aussi les touches avec ses mains inférieures. Applaudi en-core plus fort par son auditoire, il battit alors le clavier avec ses quatre mains ner-veuses, sa tête échevelée, son dos barbu & avec l'extrémité même de son dos ! à l'exem-ple d'un fameux pianiste allemand dont

j'ai entendu parler. Et peut-être n'est-ce
pas plus désagréable à entendre que le fameux pianiste allemand. Je n'affirmerai
rien à cet égard; mais comme les singes
sont plus naturels dans leurs extravagances
que les hommes, créés par Dieu pour être
sérieux & graves, je donnai hautement, à
tout hasard, la préférence au singe. En
somme, cette musique, quoique un peu
enragée, était fort dansante, comme on
dit; si bien que coaïtas, mangabeys,
orangs-outangs, talapoins, singes capu-
cins, singes verts, singes nocturnes, magots, callitriches, bonnets chinois, ouarines, pithèques, babouins, sajous, sapajous,
ouistitis, mandrills, allouates, se mirent à
danser avec fureur, avec frénésie, au son
de ce piano démuselé. Ce n'était pas beau,
non! mais qu'on me pardonne la compa-
raison, je crus voir dans tous ces singes en
costumes traînants & à barbe épaisse, de
nos élégants d'Europe qui ont, eux aussi,
des barbes de boucs & de singes, & dont

les habits sont pareillement bien ridicules parfois.

Décidément c'était un bal; un bal que se donnaient les singes, un bal comme ils en avaient souvent vu donner eux-mêmes, aucun doute n'était plus permis désormais, par le chef de la station navale à ses officiers, à ses administrés & à leurs femmes.

Karabouffi, et je ne devinai pas pour quel motif. avait depuis quelques minutes déserté le bal.

Jusqu'ici la soirée ne se ressentait pas trop de cette auguste absence. Ah! comme les misérables dansaient et polkaient! C'était une tempête, un tourbillon; j'en étais brisé pour eux. Au plus fort de ma surprise, j'en éprouvai une nouvelle qui vint m'expliquer l'absence de Karabouffi.

Il y avait à peu près une heure que la fête se tenait dans les régions exaltées que j'ai dites, quand je vis arriver, conduits par des cavaliers en gants paille, quels gants & quelle paille! des groupes sémil-

lants de jeunes & alertes guenons, toutes
parées de superbes robes de soie & de
blanche mousseline, drapées dans de magnifiques châles de Lahore, ornement un
peu chaud peut-être pour la contrée, toutes
éblouissantes des plus charmants détails
de toilette qu'on puisse rêver. Ce bal ne
devait pas être sans femmes, ce printemps
sans fleurs. Mais parlons encore un peu
du costume de ces dames & de ces demoi-
selles. Sans doute quelques-unes avaient
du rouge sur le nez & du blanc jusqu'au
menton ; sans doute quelques-unes mon-
traient jusqu'à la ceinture leur poitrine
osseuse & maigre ; sans doute encore on se
serait passé de voir leurs bras poilus &
nerveux ; mais nos bals d'Europe, si délicats & si choisis, sont-ils sans nez avec du
rouge, sans menton avec du blanc, sans
poitrine osseuse & sans bras nerveux ?
N'exigeons donc pas de la faiblesse & de
la démence particulières à certaines créatures incomplètes ce que nous ne deman-

dons pas à la sagesse & au bon goût de notre civilisation.

Au point où j'en suis arrivé dans ce récit de mes Émotions, je n'ai pas besoin, je suppose, de dire comment toutes ces vives & folles guenons s'étaient procuré des coiffures, des gants, des souliers & des robes. Chacun devine qu'elles les avaient eus au même titre que leurs maris ou leurs fiancés avaient des habits d'officiers & des gants paille : en les enlevant aux femmes & aux filles des officiers anglais. Ceci n'était pas plus inconcevable que cela.

Suivons donc le bal & applaudissons à une innovation digne de franchir la Ligne & les deux tropiques pour aller se naturaliser en Europe, soit en Espagne, soit en Portugal, soit à Londres, soit à Paris. Beaucoup, parmi ces délicieuses guenons, dansaient avec des ombrelles roses, vertes, orange ou bleues, déployées sur la tête de leurs cavaliers, & penchées par elles avec une coquetterie exquise d'attitudes & de

11

mouvements. Rien de joli, je le proclame,
comme cette innovation, née pourtant de
la fantaisie déréglée de ces êtres incroyables.
Je me souviendrai toute ma vie de la polka
des ombrelles. Seulement, il est à craindre
qu'en France, où l'on pousse toutes les
modes à l'excès, on ne passât de l'ombrelle
au parapluie, ce qui ne serait pas tout à
fait aussi gracieux.

C'est au sein de cette foule brillante de
ravissantes guenons & de charmants cavaliers, que je vis s'avancer Karabouffi premier, donnant le bras à Saïmira, à la belle,
à l'intéressante Saïmira, mais Saïmira
toute tremblante de peur, émue de se voir
ainsi livrée en spectacle. Sa présentation
me donna tout de suite la clef de sa position fatale, mais non pas sans exemple;
position que sa douce mélancolie m'avait
laissé déjà soupçonner. Saïmira avait été
enlevée à l'amour, à la tendresse de Mococo, par le redoutable Karabouffi. Karabouffi en avait fait sa femme ou sa maî-

tresse. Mais Saïmira n'était pas de ces
lâches créatures qui, pour avoir quelques
perles au front & un lambeau de velours
sur les épaules, vendent leur jeunesse, leur
beauté, leurs lèvres & leur cœur, leur
cœur déjà donné à un autre. La touchante
chimpanzée avait autant de larmes dans
les yeux que son abominable tyran avait
d'impudence, de suffisance & de fatuité
dans les moustaches. On sentait enfin que,
si sa jeunesse, ses charmes, sa personne,
en un mot, étaient là, sa pensée, sa vie,
son âme erraient autour de la cage de fer,
aux barreaux de la prison de son ami, le
tendre et infortuné Mococo.

Parmi ces essaims de guenons, dont la
tenue, sans affecter la plus austère dé-
cence, ne prêtait pas trop non plus à l'ana-
thème, je distinguai d'autres guenons d'un
caractère infiniment plus équivoque, &
que je reconnus à première vue pour avoir
appartenu autrefois à ma si regrettable
ménagerie de Macao. Je me souvins éga-

lement de leur avoir appris, les reconnaissant plus propres à certain genre d'éducation que leurs compagnes, à marcher comme des mousquetaires, à secouer vigoureusement la main aux hommes, à porter des jupes si amples & si arrondies qu'on était toujours tenté de les prendre par la tête & de les agiter comme des sonnettes, tant elles avaient de l'analogie avec les sonnettes ; à fumer du matin au soir & même la nuit des cigarettes dont elles avalaient la fumée pour la rendre ensuite par le nez, à l'instar des contrebandiers espagnols ; à se coiffer avec des chapeaux si petits & placés si au bord de la tête, qu'on était toujours sur le point de leur crier dans la rue : « Madame ! madame ! prenez garde, vous perdez votre chapeau. » Je leur avais appris aussi à danser en jetant le corps en avant, à saluer avec la familiarité d'un groom de mauvaise maison, à jouer de l'éventail avec leur genou, à représenter entre elles des scènes de panto-

mimes. Enfin, j'avais eu le tort d'en faire
des êtres tellement à part, qu'elles étaient,
par rapport aux autres guenons, de véritables actrices. J'ai dit le mot & la chose :
c'étaient des actrices. Quand ces sortes de
guenons sont jeunes, elles n'ont aucun talent; quand elles parviennent à avoir du
talent, oiseaux rares! elles n'ont plus aucune beauté. Mais, du reste, ce n'est ni
par le talent ni par la beauté qu'elles font
leur chemin. Ainsi, celles que le hasard
me signala dans cette soirée étaient vieilles,
fourbues, lézardées, quelques-unes même
n'avaient plus de dents ; ce qui ne les empêchait pas d'être mille fois plus recher-
chées, mille fois plus adulées que les autres
guenons; par les plus nobles & les plus sé-
duisants cavaliers. Il n'est sorte d'attentions charmantes, de prévenances fines, de
faiblesses démonstratives qu'ils n'affichas-
sent pour elles. Celui-ci dénouait sa chaîne
d'or et la passait au cou éraillé d'une de
ces dames en parchemin ; celui-ci mettait

toute son âme dans le regard qu'il dardait sur la poitrine désolée de celle-là. Quelle pitié ! Cet élégant sapajou, jeune, agréable, bien fait, qui passait même pour le fils du premier ministre de Karabouffi, se mourait d'amour, l'imbécile ! aux pieds, aux pieds énormes d'une insignifiante & blonde guenon, au nez de carlin, maigre, sèche & jaune comme un bâton de vanille à force de se serrer la taille.

Enfin, il n'est pas une de ces guenons, les unes hors d'âge, les autres hors de tout ce qu'on peut imaginer, qui ne fît les folles délices de cette soirée enchantée, & cela uniquement parce qu'elles étaient actrices ! Devant tant de dégradation, il me fut tout à fait impossible de mettre cependant notre noble espèce beaucoup au-dessus de celle de ces pauvres créatures, de ces malheureux singes privés de la lumière sacrée de l'intelligence. Comme ils ne liront jamais ces lignes, j'ose nous donner en passant cette petite leçon de modestie, afin que notre orgueil ne nous entraîne pas toujours à nous croire constamment & en tout supérieurs au reste de la nature. Devant la corruption de l'actrice, l'homme & le singe sont égaux en stupidité (1).

Si l'on s'étonnait du calme dont je paraissais jouir après les crises périlleuses que j'avais traversées, on méconnaîtrait complétement l'organisation de cette race fantasque à laquelle ma mauvaise étoile m'avait livré. Elle a la faculté ou le malheur, comme on voudra, de se souvenir & d'oublier avec la soudaineté du fluide électrique. Au moment où l'un de ces animaux s'élance pour vous dévorer, — qui n'a été témoin de cette réaction bizarre! — souvent il s'arrête net pour se gratter l'oreille ou pour marcher à patte de velours der-

---

(1) Qu'est-il besoin de dire ici qu'il n'y a aucun rapport entre les prétendues actrices dont Polydore Marasquin raille les ridicules & les vices & l'actrice véritable, l'artiste enfin qui conserve sa beauté pour l'honneur de sa maison & consacre son talent à la gloire de son pays?

rière une mouche ou une fourmi; de même qu'au moment où on le croit tout entier occupé à guetter une mouche, il se jette brusquement sur vous & vous déchire le visage. Tel est le singe.

Ce calme dont je m'étonnais moi-même fut rompu de cette manière. J'ai dit qu'il y avait une guitare & un accordéon dans le salon où l'on dansait. Sur un signe de Karabouffi, on m'invita à faire ma partie dans un trio ainsi organisé. Une guenon se mit au piano, un sapajou s'empara de l'accordéon; je fus favorisé de la guitare. Comme j'hésitais jusqu'à me ravaler à cette complaisance, l'orgueil est incorrigible! je reçus sur le sommet de la tête un coup si brutal avec le dos de l'instrument dédaigné par moi, que je me crus mort. J'eus pendant trois jours un bourdonnement insupportable dans les oreilles. Ce fut là, je crois, le dernier bienfait rendu à l'humanité par cet odieux morceau de bois à six cordes. Je sus immédiatement jouer de

là guitare. Quel trio! Cependant, en l'é-
coutant bien, on découvrait, à une grande
profondeur, il est vrai, les éléments de la
musique primitive chez les peuples de
l'Océanie. Si j'avais eu le sang-froid de
noter cet air, il aurait pu être exécuté plus
tard par les élèves du Conservatoire de
Paris comme un échantillon du sentiment
lyrique & religieux chez les sauvages au
moment où ils voient se lever le soleil,
père de la nature.

On voit, par cette scène musicale, combien il me fallait peu compter sur de meil-
leures dispositions de la part de ces fous
furieux acharnés sur ma personne; pas
assez fous, cependant, pour ne pas mettre
dans leurs persécutions un calcul diabolique, & ce calcul était de m'imposer l'hu-
miliante obligation de faire comme homme
tout ce que je leur avais fait faire autrefois comme singes. Je leur avais imposé de
jouer du violon en public, quand ils étaient
mes pensionnaires : ils m'imposaient de

11.

pincer de la guitare, maintenant que j'étais
devenu leur prisonnier; je les avais forcés
de danser sur la corde, de monter à l'extrémité d'une perche : ils apportèrent une
perche & ils m'ordonnèrent impérieusement, par des signes d'une interprétation
fort claire, d'avoir à y grimper.

Une sueur froide me coula du front,
quoique la salle fût en ébullition, en voyant
le rôle abrutissant auquel j'étais condamné.
Amuser des singes, moi un des premiers
citoyens de Macao! moi baptisé à l'église
de Saint-Philippe-le-Majeur! moi Portugais honorable! La perche fut dressée au
point central de la salle, &, pour la soutenir dans la position verticale, trente quadrumanes de trois tailles différentes se dis-
posèrent d'une manière fort ingénieuse &
que nous allons dire. Les plus petits, après
s'être assis par terre, tinrent la perche fixée
debout au milieu d'eux; ceux de taille
moyenne collèrent leurs mains à la perche
un cran au-dessus & leurs pieds s'arc-bou-

tèrent fermement contre le sol à un mètre
de distance; les plus grands, & c'étaient
des orangs-outangs & des mandrills, jetèrent leurs gigantesques bras par-dessus les
bras des autres & leurs jambes en manière
de contre-forts, au delà des jambes des
rangs inférieurs. C'était, on le voit, une
roue formée de cuisses nerveuses, d'épaules
serrées les unes contre les autres, de bras
d'acier dont l'axe était la perche même
dressée devant moi comme un gibet.

Un regard de Karabouffi m'enjoignit
une seconde fois l'ordre de monter à la
perche. Comme je balançais à m'élancer
par-dessus ce piédestal vivant pour grimper à la perche, un mangabey, un géant
de sept pieds, roidit sa longue queue &
m'en flagella, en guise d'aiguillon, deux
coups si vifs, un dans le dos, l'autre dans
les jambes, que je bondis de rage & de résolution, & m'élançai.

Le dirai-je? malgré mes plus grands efforts musculaires, je ne pus jamais attein-

dre à la moitié de la perche; mais, en revanche, j'étais fort disgracieux dans cet
exercice inaccoutumé; je glissais, je me
rattrapais; j'essayais de nouveau, je glissais encore; nouveaux efforts, nouvelles
reculades; & cela au milieu des signes les
moins équivoques de désapprobation. On
murmurait ici, on ricanait plus loin; on
sifflait partout. Quelle revanche ces misérables prenaient sur moi! Mon Dieu, oui,
je les avais fouettés quand ils grimpaient
gauchement à Macao; mon Dieu, oui, je
me moquais d'eux après les avoir fouettés;
mais après tout je suis un homme, moi;
j'ai reçu la double lumière de l'intelligence
& de la foi, tandis qu'eux... Au fond, cela
me donnait-il bien le droit de les fouetter,
de les insulter, de les battre? C'est à examiner de sang-froid.

L'exercice de la perche m'avait brisé, il
avait aussi brisé mon pantalon & les manches de mon habit, l'un et l'autre déjà
horriblement éprouvés par les péripéties

de mon naufrage. Comment allais-je les renouveler, dénué de tout comme je l'étais? Mais en ce moment ma peau demandait plus de sollicitude que mes habits, dont je ne m'occupai, à la vérité, que longtemps après l'événement de la perche, si toutefois je leur accorde un regret ici en passant.

Jamais je n'arrivai au dernier tiers de la perche. Probablement j'y serais encore attaché sans un accident qui vint mettre fin à mon ridicule supplice. Trop faible apparemment pour supporter le poids de mon corps au point extrême où je m'étais exhaussé après des efforts inouïs, la maudite perche cassa & je tombai dans l'arène, moulu de ma chute & des moqueries dont je fus accablé. Je restai étourdi, confus, inerte & dégradé au milieu de cette tourbe impitoyable & railleuse.

Sans le doux & encourageant regard de Saïmira, toute préoccupée, je m'en étais aperçu, du projet de me tirer de l'exécrable position où j'étais, je me serais fait sauter

la cervelle d'un coup de pistolet. Mais Saïmira m'invitait toujours à résister. Elle
semblait me dire comme cet empereur du
Mexique : « Et moi, suis-je sur un lit de
roses ? »

En attendant qu'elle eût trouvé le moyen
de me sauver, voici le nouvel intermède
que je fus appelé à remplir dans cette brillante soirée :

Je fus tiré de l'amère confusion de ma
chute par un coup de lanière pareil à celui
qui m'avait fait monter si malgré moi à
la perche. Seulement la queue sèche & nerveuse du mandrill me toucha cette fois
moins brutalement. On ne voulait que
m'éveiller. Je vis devant moi un de mes
nouveaux maîtres, — car j'étais devenu
leur chose comme ils avaient été autrefois
la mienne, — se gratter comiquement la
cuisse, décrire en l'air de joyeuses cabrioles,
me tirer une langue moqueuse, pirouetter
sur la tête, les jambes écarquillées en fourchette, enfin faire mille grimaces que je

leur avais enseignées moi-même à Macao.
Après quelques minutes de ce spectacle
qu'il semblait plutôt donner pour moi que
pour les autres spectateurs, il s'arrêta, me
regarda & attendit. Mais qu'attendait-il
donc de moi? Un second coup de la lanière
vivante qui terminait le dos du mandrill
m'avertit que ce qu'on attendait de moi
était la reproduction publique des tours
d'équilibre & d'adresse qu'on avait daigné
exécuter à mon intention. La preuve que
je ne me trompais pas sur le sens que je
prêtais à cet avertissement, c'est qu'ayant
tenté à tout hasard une timide cabriole, la
queue du mandrill se leva & s'abattit sans
me frapper. J'avais donc compris! je n'avais
plus qu'à *travailler* devant la compagnie;
je n'avais plus qu'à faire toutes les grimaces que je venais de voir passer devant
mes yeux. O misère des vaincus!

Pouvait-on être plus avili? Imiter un
singe! La rougeur me monta au visage. Je
commençai mes tours. Mais comme je souf-

frais! Chaque fois que ma dignité d'homme
m'arrêtait au milieu d'un saut de carpe, à
l'instant même la queue nerveuse me cin-
glait un coup au visage. Du courage, mon
Dieu! J'en eus. Je franchis des cerceaux,
je dansai la pyrrhique, j'imitai la danse de
l'ours, je saluai ces messieurs, j'envoyai des
baisers à ces dames; enfin, le chapeau à la
main, je demandai, ainsi que cela se pratique, quelque menue monnaie à la compagnie.

J'allais tomber mort de fatigue & de
prostration morale, cette fois pour ne plus
me relever, quand une rumeur plus forte
que toutes celles que j'avais entendues, car
il y en avait toujours, parcourut la salle
dans toutes ses parties. En une minute elle
fut vide à moitié. La moitié qui resta suivit bientôt l'autre. Qu'arrivait-il d'extraordinaire? Karabouffi, dont je vis se perdre
dans l'obscurité de la cour de la vérandah
le panache colossal, précédait ce grand
mouvement de sortie.

C'est à l'excellente Saïmira que je dus cette diversion, à laquelle je dus aussi de ne pas mourir sur place de souffrance & de honte, cette horrible nuit-là.

Voici comment elle s'y prit pour me délivrer de l'obsession de mes tourmenteurs. Par une coquetterie affectée, elle alluma si bien la jalousie de Karabouffi, que celui-ci exaspéré, furieux, l'entraîna hors du bal; &, dans sa fuite brutale, il fut accompagné de tout le monde officiel.

Bref, je restai seul.

Cet isolement inespéré m'inspira subitement un projet que j'exécutai avec la promptitude du désespoir.

V

Je me barricade. — On m'assiége. — La vérandah
devient un fort. — Ce que je découvre au fond
d'une pièce oubliée. — Le journal de lord Campbell. — Ce que dit ce journal. — Les pirates malais & le sultan de Soulou. — Trois cents jonques.
— Une chasse formidable. — Mort d'un mandrill
mystérieux & colossal. — Explication du squelette
blanc. — Torture d'un homme réduit à ne boire
que de l'excellent vin vieux. — Un poignard
planté dans le sable. — Dernière fête de la station. — Comment se termine-t-elle? — Fin d'un
journal non terminé. — Cent bouteilles de vin de
Champagne ne valent pas un verre d'eau. — Mes
habits me quittent. — J'ouvre le combat. —
Grande lutte d'un homme seul contre une île
entière de singes. — La vérandah va crouler. —
Elle ne tient plus. — Une fourrure me sauve. —
D'où venait cette fourrure enchantée? — Je lui
dois la vie & la couronne. — De quelle manière
je gouverne. — Un bonheur royal profondément
troublé par un accroc. — J'apprends le sort de la
station anglaise. — Je suis de plus en plus adoré
de mes sujets. — Un nuage dans le ciel. — Préoccupation sinistre. — Mon royaume pour un

pantalon ! — Joie suprême d'être bête. — Bonheur encore troublé. — Un déchirement fatal. — Je suis forcé de me dérober à la tendresse de mes sujets pour un motif bien délicat. — Délivrance. — Je revois mon pays. — O Macao ! — Mon immortalité.

J'ai dit que les dévastations ne s'étaient pas étendues jusqu'aux pièces formant par leur suite non interrompue les fraîches galeries découpées à jour de la vérandah & les vastes cuisines où j'avais tant découvert d'approvisionnements. Dès que je fus seul, je me hâtai de fermer les trois portes des arcades du salon, & je les barricadai en dedans. Bonne besogne. Dix minutes après le départ miraculeux de ces bandits, j'étais fortifié contre toutes leurs attaques possibles. Il aurait fallu maintenant des fusils & peut-être du canon pour me déloger de l'endroit où j'étais. Et j'avais des vivres ! Je passai le reste de la nuit, de cette nuit si tourmentée, aussi tranquillement que dans mon appartement de Macao. Je dus dormir plusieurs jours.

Au bout de ce temps indéterminé, absorbé par un sommeil de plomb, je voulus en m'éveillant, & l'esprit plus calme, me rendre bien compte de ma situation. Je n'eus pas de peine à me démontrer d'abord que j'étais destiné, tant que je demeurerais dans cette île, à satisfaire, sous toutes les formes, des vengeances perpétuelles pires que la mort, qui, du reste, était le couronnement infaillible de toutes ces vengeances. Ceci mis hors de toute discussion, je me proposai de chercher, avec la tenacité d'un Latude captif dans l'une des tours de la Bastille, le moyen d'échapper aux conclusions posées par la logique de ma position nettement arrêtée.

Quel serait ce moyen?

Je répondis, après des suppositions & des calculs à l'infini, que les circonstances seules le feraient naître.

Mon esprit, livré à ses seules ressources, renonçait à le trouver.

Mais ce moyen existait-il?

C'est encore là ce que les circonstances pouvaient seules me mettre à même de vérifier.

Je n'avais donc, tout bien considéré, qu'à attendre, ferme de cœur & fort de résignation, les effets de la volonté de Dieu sur ma personne, ce qui est toujours, quoi qu'on fasse, la détermination à laquelle on finit par se ranger.

Je sus beaucoup mieux à quoi m'en tenir quand je cherchai à connaître si la retraite où je m'étais retranché ne laissait aucun point d'attaque accessible à mes astucieux ennemis. Premièrement, je m'assurai que les trois portes de la salle & celle de la cuisine résisteraient à toutes leurs malices coalisées. Elles étaient en cœur de chêne, chevillées avec du bois de teck, le plus solide de tous les bois ; & les serrures, travaillées avec la perfection anglaise, ajoutaient encore à la garantie de la défense. Le bas de la forteresse était donc imprenable.

Mais ces portes une fois fermées, le jour ne pénétrait plus dans le bâtiment que par un petit clocheton moresque bâti à l'étage supérieur. Il fallait donc, condamné comme je l'étais à ne jamais les ouvrir, que je passasse mes journées dans cette partie élevée de la galerie, sauf à descendre le soir dans les pièces du bas.

N'ayant encore aucune idée du caractère de cet étage, j'y montai tout de suite. Un escalier en spirale, construit dans l'épaisseur du mur, y conduisait. Une fois arrivé, je vis que les pièces dont il se composait avaient été tenues dans un ordre remarquable par ceux qui l'occupaient. C'était assurément l'appartement de travail de lord Campbell. Les murs étaient cachés sous une rangée de cartons qui renfermaient assurément des papiers d'une grande importance. J'en jugeai ainsi aux étiquettes.

Mais, avant d'aller plus loin dans mon examen, je m'approchai des carreaux du

clocheton, qui étaient en corne transparente de Chine, à travers lesquels on voit
sans être vu. Je dirigeai mes yeux sur la
cour de la vérandah. On devine, d'après
ma description, qu'elle était dominée par
le campanille moresque d'où je l'apercevais & d'où l'on planait aussi sur les
bouquets de bois & les carrés de jar-
dins qui s'étendaient au delà de la cour.
Mais que vis-je en promenant mes regards un peu partout? Mes infatigables
ennemis placés en sentinelle, de distance
en distance, sur toutes les hauteurs, dans
les branches d'arbres, sur les moindres accidents de terrain, & guettant si je ne sor-
tirais pas de ma retraite, si je ne me mon-
trerais pas à quelque ouverture d'où ils
pourraient me signaler, & par suite commencer d'une manière certaine leur attaque.

Tous étaient armés de bambous & de
rotins d'une grosseur énorme. C'était un
siége silencieux autour d'un ennemi invi-

sible derrière ses lignes de défense. Mais il y avait impossibilité réelle pour eux à gravir cet étage, dont la hauteur défiait leur malice, impossibilité non moins grande de briser les portes placées entre leur rage & moi.

Rassuré de tous côtés, je poursuivis mes investigations à travers les appartements de lord Campbell.

Je fus d'abord ravi de rencontrer dans la pièce la plus reculée, celle par où je me disposais à commencer mon inspection, une petite bibliothèque de voyages contenant les ouvrages les plus estimés, écrits sur le Japon, la Tartarie, la Chine, la Nouvelle-Guinée, la Nouvelle-Galles & les autres îles de l'Océanie, depuis Marco-Polo jusqu'à Dumont-d'Urville. La plupart de ces utiles ouvrages portant sur la couverture les initiales de lord Campbell, je fus certain qu'ils étaient détachés de la bibliothèque de la frégate *Halcion*. Ils avaient été transportés dans cette pièce pour occu-

per les loisirs de la station navale pendant
son séjour à terre. Qu'on juge quel inap-
préciable trésor c'était pour moi ! J'eus sur-
le-champ le plus impatient désir de con-
sulter ces ouvrages. J'apprendrais peut-être,
en lisant ceux où il était plus particulièrement question des traversées accomplies
sous les latitudes que j'avais parcourues,
quelle était l'île sur laquelle j'avais été
laissé par le naufrage. Je portais déjà la main
sur les voyages du célèbre navigateur es-
pagnol qui donna son nom glorieux aux
groupes d'îles appelées Mindanao, & presque toutes peuplées encore aujourd'hui de
redoutables pirates malais, quand mon attention fut détournée par un livre déposé
sur la table même de ce précieux cabinet
d'étude. Je l'ouvre : c'était un manuscrit.
Un mouvement de discrétion me poussa
aussitôt à le fermer ; mais ayant lu en gros
caractères sur la première page : « Journal
personnel & particulier du vice-amiral
Campbell, commandant les forces réunies

12

de la station navale anglaise dans l'Océanie, » je l'ouvre de nouveau avec une curiosité irrésistible, & je puis ajouter bien
permise, car je pressentais toute l'importance des renseignements que j'allais y
puiser.

« Parti de Macao vers la fin du mois de
juillet 1849, disait lord Campbell dans les
premières lignes de son journal, j'ai établi
ma station pendant six mois, c'est-à-dire
jusqu'au mois de janvier 1850, tantôt dans
les parages des îles Luçon, tantôt dans le
rayon des îles Philippines, sans négliger
de faire quelques visites de précaution à
l'archipel de Soulou, cette fourmilière in-
calculable & impérissable de bandits de mer.

« Les événements purement nautiques
qui ont eu lieu pendant ces six mois de ma
station dans ces divers parages ayant été
consignés jour par jour & presque heure
par heure sur le journal du bord, je n'aurais rien à coucher sur le mien qui n'eût
déjà été inscrit avec soin dans ledit journal

du bord. Mais je dois confier à ce journal tout personnel des notes que je me propose de transmettre à l'Amirauté par la première occasion qui me sera offerte de les expédier en Angleterre.

« Voici ces notes, » ajoutait le journal de lord Campbell que j'avais sous les yeux.

Mon attention redoubla. Je continuai à lire sans perdre une lettre.

« Il m'est démontré clair comme une solution géométrique, qu'en ce moment les forces navales de l'Angleterre, de la Hollande & de l'Espagne rassemblées en Océanie sont insuffisantes, chacune à différent titre, pour contenir l'audace toujours croissante des pirates répandus sur les mers de cette vaste partie du monde.

« Les forces espagnoles sont une dérision, & elles seraient radicalement exterminées en quelques mois par la piraterie sans les secours que ces forces demandent sans cesse à celles de l'Angleterre.

« Les forces navales de la Hollande, à

la vérité beaucoup plus considérables, ne
s'éloignent guère des parages de Sumatra,
de Java & de quelques points de Bornéo,
sous le prétexte, du reste assez plausible,
quoique un peu égoïste au fond, qu'elles
ont besoin avant tout de veiller à la sûreté
de leurs propres colonies.

« Restent nos forces navales anglaises.

« Comme nous avons besoin, nous aussi,
de faire bonne vigilance autour de nos colonies, & que nous avons en outre une as-
sistance perpétuelle à prêter, je l'ai dit, aux
puissances maritimes secondaires, telles
que la Hollande, l'Espagne & le Portugal,
il devient de plus en plus sensible que nous
ne luttons que très-difficilement aujour-
d'hui contre les déprédations, pillages,
descentes à main armée, incendies & meurtres pratiqués par les indestructibles pirates de la Malaisie.

« D'autre part :

« La puissance de ces indomptables forbans augmentant d'année en année, leurs

flottilles sont devenues des flottes ; leurs barques, leurs champans & leurs jonques sont presque aujourd'hui des frégates ; leurs matelots n'ont jamais cessé d'être les plus énergiques marins du globe.

« Nous sommes donc forcés par toutes ces raisons de tripler le nombre de nos vaisseaux de guerre dans ces mers sans cesse menacées, ou bien nous serons, dans un temps prochain, mis sérieusement en péril.

« Il est de mon devoir d'avertir l'Amirauté de toutes ces choses qui intéressent au plus haut point la sécurité des belles colonies possédées par l'Angleterre dans l'Australie & l'Océanie en général.

« En attendant les renforts que l'Amirauté jugera sans doute indispensable de m'adjoindre, je n'ai pas cru pouvoir mieux faire que de venir me placer au centre même de la piraterie malaisienne pour étudier chez elle ses progrès, ses forces, ses ressources, & afin de l'anéantir à coup sûr quand j'aurai sous la main les moyens d'action qui me manquent aujourd'hui.

« J'ai choisi pour mon observatoire une île parmi les cent cinquante ou deux cents îles dont le redoutable archipel de Soulou est composé. »

Soulou ! la surprise & l'effroi m'arrêtent. Soulou, ce nid d'écumeurs de mer, d'oiseaux de proie planant sans cesse sur les vaisseaux de toutes les nations ! J'étais sur une île de l'archipel de Soulou !

Il me fallut près d'un quart d'heure avant d'être remis de l'agitation où m'avait jeté cette découverte.

Et ce fut sous le coup de cette préoccupation, désormais inexpugnable, que je respirais au foyer de cet enfer peuplé de bandits, que je parvins à reprendre la lecture du journal.

« M'en étant référé, continuait lord Campbell, ainsi que je l'ai énoncé plus haut, à mon journal du bord pour les circonstances purement nautiques du premier semestre de ma station, je vais con-

tinuer de consigner dans celui-ci les faits
qui auront successivement lieu jusqu'au
moment où je quitterai cette île. J'y suis
depuis quinze jours. Nous voici donc au
15 janvier 1850.

« Après avoir placé l'*Halcion* dans un
mouillage si bien abrité par des terres boi-
sées qu'il est impossible à cent brasses du
rivage de l'apercevoir, & l'avoir confiée à
un nombre suffisant de matelots comman-
dés par mes meilleurs officiers, je descends
dans l'île avec le gros de la station & j'en
prends immédiatement possession.

« Cette île est appelée par le petit nombre d'indigènes que j'y trouve, *Kouparou*,
ce qui signifie en langue malaise île du
feu endormi ou de l'*ancien volcan*.

« Ces indigènes sont des Tagals, et les
Tagals sont les plus anciens habitants de
la Malaisie : ils ont été chassés de partout
par les Malais. Ils sont dévoués aux Européens, dont ils ont la douceur & les instincts de civilisation.

« Par ces Tagals, qui vivent comme les Malais, quoiqu'ils ne s'aiment guère les uns les autres, je saurai, en les envoyant comme espions dans toutes les îles de l'archipel de Soulou, ce qu'on fait, ce qu'on médite dans ces arsenaux de piraterie.

« Six mois d'une pareille étude pratiquée sur place m'en apprendront plus que cinq cents ans de station en pleine rade.

« J'ordonne de descendre à terre toutes les maisons portatives que j'ai fait construire à Calcutta.

« Elles sont débarquées et mises en place.

« Dix ou quinze jours sont pris par ce travail.

« On s'installe dans les maisons.

« On dirait, à voir ces maisons, un village de Sumatra.

« Les indigènes sont ravis de notre arrivée.

« Il est temps d'exécuter mon projet.

« Je choisis, parmi les Tagals sur lesquels je puis le plus compter, ceux que j'envoie dès aujourd'hui dans des barques de pêche aux îles voisines, pour qu'au retour ils me fassent des rapports circonstanciés sur la piraterie.

« Cette expédition a demandé vingt jours de préparatifs.

« Elle est prête le 20 février.

« Elle met à la voile le lendemain.

« Mes espions sont partis.

« J'attends.

« Les indigènes que j'ai gardés auprès de moi sont indispensables à la culture de l'île & m'en font d'ailleurs connaître la topographie & les ressources naturelles.

« Kouparou est d'une grande fertilité; que de fleurs! que de fruits! que de gibier ! La chasse et la pêche sont d'une richesse inouïe, même en Australie, où l'on a le droit de dire sans exagération que tout est inouï. Sans l'importunité des singes, dont l'île foisonne, Kouparou serait un jardin balancé au milieu de l'Océan. Mais les singes, ces innombrables singes, gâtent singulièrement le paysage. Ils pullulent comme les mouches. »

Lui aussi ! m'écriai-je, lui aussi, lord Campbell ! a été en contact ici avec ces terribles animaux. Mais comment se fait-il, s'il a été assailli, harcelé, martyrisé par eux comme moi, qu'il ait pu ?... Mais continuons.

« Voici mes Tagals de retour ! Leur absence a duré un mois.

« Les documents qu'ils me rapportent sur la piraterie abondent : il vont m'être du plus grand secours.

« Tous leurs rapports, sans exception, m'annoncent qu'une vaste expédition de pirates malais se prépare au fond de l'île de Bassilan, la capitale de l'archipel Soulou, & où le sultan de Soulou lui-même fait sa résidence.

« Montés sur trois cents jonques au moins, les pirates doivent sortir de ce port ainsi que de ceux de Besvan, de Taoui-

taoui & de Palouan, pour croiser dans les détroits de Mindanao & des Célèbes dans le but de s'emparer de tous les navires marchands anglais ou hollandais, espagnols ou portugais qu'ils savent devoir se rendre en Chine avec de riches cargaisons, pendant le cours de cette année. Seulement l'époque de leur départ est tenue si secrète qu'aucun de mes fidèles Tagals n'a pu me l'apprendre. Mais, d'après la connaissance que je possède des vents qui leur permettront de sortir de l'archipel de Soulou, pour se rendre, ainsi qu'ils le projettent, dans le nord de l'Asie, j'estime que mes pirates n'appareilleront pas avant la fin de juin, c'est-à-dire avant trois mois. A ce moment l'*Halcion* sortira aussi de son mouillage caché, réunira à elle les autres vaisseaux de la station, et on se mesurera avec cette myriade de hardis & courageux voleurs. La lutte sera chaude ; mais je ne dois compter que sur mes propres forces. D'ici là les secours que je deman-

derais à l'Angleterre ne seraient pas arrivés. Donc nous tenterons! Dieu sera avec
nous. On est bien fort avec son aide.

« En attendant, mes Tagals vont repar-
tir de nouveau pour Soulou, Besvan & les
autres repaires, afin de me tenir au courant des graves événements qui se pré-
parent.

« Quoi qu'il en soit, nous voilà installés dans Kouparou. Mes officiers et leurs
familles sont aussi bien que possible dans
nos maisons de bois entourées de palmiers.
Ma vérandah peut lutter d'élégance avec
celles de Madras & de Cananor.

« Nous ne manquons de rien, & nos dis-
tractions sont nombreuses. Le temps est
délicieux. Je n'ai jamais vu plus beau mois
d'avril, même en Australie.

« Je vais partir pour la chasse aux cy-
gnes; oui, mais j'ai bien peur de ne rapporter encore que des singes comme la
dernière fois. Ils sont partout! Il y en a
tant & tant que je suis sûr qu'en tirant un

coup de fusil au hasard au-dessus de ma tête, il tomberait un singe.

« Je n'en ai jamais vu d'aussi sauvages ; ceux que j'ai rapportés de Macao sont des êtres parfaitement civilisés comparés à ceux d'ici. »

Brave amiral ! m'écriai-je, il se souvient des achats qu'il a faits chez moi à Macao. Quel souvenir ! Macao ! Macào ! te reverrai-je jamais ?

Continuons son intéressant journal.

« Je reviens de la chasse où j'avais emmené avec moi Karabouffi. J'ai voulu distraire ce grand coquin de babouin, qui s'ennuie à périr, quoiqu'il ait beaucoup de ses compatriotes autour de lui. La mélancolie le mine. C'est qu'il aime toujours la belle Chimpanzée Saïmira, qui n'aime que son cher Mococo. »

Hélas ! m'interrompis-je pour dire : hélas ! s'il voyait maintenant Mococo !

« Il m'est arrivé, à cette chasse, reprend l'amiral Campbell, un fait extraordinaire

13

qui mérite de trouver place dans ce journal.

« Au milieu d'un grand bois de pandanus & de mimosas, où je m'étais égaré avec Karabouffi, j'ai tout à coup vu venir vers moi, un bâton à la main, qu'il portait comme un sceptre, un mandrill gigantesque, noir comme un Cafre, suivi d'une troupe de singes, de sajous entre autres, qui semblaient lui former une espèce de cour, tant ils étaient empressés et respectueux autour de lui.

« Karabouffi lui-même, d'ordinaire si fier & si indomptable, a frémi de terreur en le voyant. Il avait reconnu un maître & par conséquent un ennemi. Il tremblait, il venait près de moi, il sollicitait ma protection, tout en laissant voir dans ses yeux, allumés d'une rage jaune, le bonheur qu'il aurait à déchirer le nouveau venu. Comme j'allais coucher en joue le colossal mandrill, les deux animaux me prévenant se sont précipités l'un sur l'autre. L'étreinte m'a paru superbe de vigueur & de férocité.

C'étaient sans nul doute deux races profondément antipathiques mises en présence.
Karabouffi avait visiblement le dessous ; le
mandrill était de force & de taille à venir
à bout de trois babouins comme lui. Au
risque de me faire dévorer si je ne réus-
sissais pas, j'ai profité du moment où le
mandrill s'éloignait de quelques pas pour
prendre de l'élan, & j'ai dirigé une balle
dans sa tête. Il est tombé en exhalant des
gémissements affreux, qui avaient quelque
chose de la douleur plaintive de l'homme.
Karabouffi était triomphant. J'ai cru qu'il
allait m'étouffer dans un embrassement de
joie. Quant aux singes qui accompagnaient
le mandrill noir, ils se sont aussitôt dis-
persés, ce qui n'aurait pas eu lieu s'ils
avaient été d'une espèce plus forte. J'aurais eu assurément à me défendre contre
leur agression vindicative ; mais la plupart
étaient des sajous, les plus doux & les
plus inoffensifs de la famille des quadrumanes. En fuyant, ils n'en lancèrent pas

moins à Karabouffi des regards qui l'ont fait frissonner. Il ne ferait pas bon pour lui de tomber sous leurs ongles. Je ferai écorcher ces jours-ci ce majestueux mandrill & laisserai pendant quelque temps sécher sa peau au soleil afin de l'offrir plus tard au Muséum de Londres. »

Ah ! voilà donc, me dis-je, voilà l'explication du squelette que j'ai trouvé accroché à un arbre les premiers jours de mon naufrage. C'était celui du mandrill tué par lord Campbell ! Mon regret, & il était sincère, on doit le croire, fut qu'il n'eût pas tué de préférence Karabouffi premier.

« Autant qu'il est permis de comparer les manières d'être des animaux entre eux, il m'a semblé que ce mandrill abattu par moi exerçait la souveraineté sur cette île, ajoutait lord Campbell dans son journal, avant que les Tagals, qui ne paraissaient pas l'occuper depuis longtemps, y fussent descendus.

« Je rentre après cette chasse, ou plutôt

après ce meurtre, & dépose mon fusil dans mon armoire aux armes. »

Son fusil dans l'armoire aux armes ! Je me levai précipitamment sur cette indication, et courus ouvrir plusieurs armoires. Je trouvai enfin celle où étaient rangées les armes du vice-amiral, & non - seulement elle contenait de belles armes de chasse, mais encore de la poudre en quantité, des balles de tous calibres. Viennent mes persécuteurs maintenant ! Je les attends ; j'ai de quoi les recevoir, pensai-je. Dans mon transport, j'allai vers le clocheton, comme pour les défier en face. Ils étaient encore à la même place & dans les mêmes attitudes de défiance hostile. Seulement ils étaient beaucoup plus nombreux.

Ce jour-là la lecture du journal n'alla pas plus loin. J'avais beaucoup réfléchi ; j'étais fatigué des secousses de la veille, je résolus d'aller dîner, quoiqu'il me restât encore à lire. Mais je me promis de reprendre ma lecture dès le lendemain au point du jour.

Mon second repas avec les conserves de la station fut un des meilleurs que j'aie jamais pris. Je vis, en choisissant les plus appropriées à mon goût, combien j'avais de quoi me nourrir longtemps si j'étais forcé de vivre dans l'état de séquestration où les circonstances m'avaient placé. D'autres paniers de vins m'offrirent pareillement les meilleurs crus d'Espagne & du midi de la France. Lord Campbell était un gourmet. Peut-être les vins dont il usait étaient trop alcooliques, mais les Anglais les aiment ainsi. Je goûtai de plusieurs bouteilles, de trop de bouteilles sans doute, car je fus fort contrarié, quand, la poitrine embrasée par le feu de ces différents vins, je cherchai de l'eau & n'en découvris nulle part. On allait en puiser à la grande pièce dont j'ai déjà parlé, pensais-je, lorsqu'il en fallait pour le service de Sa Seigneurie; mais on n'en faisait pas provision.

Quoi qu'il en soit, je fus réduit à me passer d'eau pendant mon dîner un peu trop échauffant. Mon sommeil se ressentit, quoique ma langue fût bien sèche, de la seule bonne journée que j'eusse encore goûtée dans cette île. Aucun rêve attristant ne l'agita, & à l'heure arrêtée dans mes projets de la veille, je me trouvai sur pied. Je remontai aussitôt au cabinet d'étude de lord Campbell par l'escalier caché dans le mur, et si bien caché, je ne dois pas omettre de le dire ne l'ayant pas dit plus tôt, que les dévastateurs barbares des autres maisons de la station n'avaient pas pillé & saccagé ce cabinet, par la raison fort simple qu'ils n'avaient pas soupçonné l'existence de cet escalier, d'ailleurs fermé au bas & à la partie supérieure par une porte assez difficile à ouvrir.

Avant de reprendre la lecture du journal, je me rendis au clocheton afin de voir ce qui se passait au dehors de la place. L'examen ne fut pas des plus satisfaisants :

des changements s'étaient produits, & les
voici. Chaque assiégeant avait près de lui,
outre son bâton, un petit tas de pierres
empilées avec soin, comme les boulets dans
nos arsenaux. A quoi destinaient-ils donc
ces pierres ? des pierres, chose assez rare à
se procurer dans une île où le sable abonde,
où la rencontre d'un caillou est un événement, excepté au bord de la mer & sur le
rivage du lac intérieur, qui m'en avait
fourni quelques poignées, quand j'eus
l'idée de les employer à abattre des fruits.
Les jours suivants m'apprendraient sans
doute ce que celui-ci me laissait à deviner
comme une énigme, énigme de mauvais
augure.

Enfin je rouvris le journal de lord Campbell & j'y lus ceci :

« Mes Tagals sont de nouveau partis depuis dix jours ; ils vont s'assurer plus
exactement qu'ils ne l'ont pu jusqu'ici de
la date précise du départ de la flotte malaise pour le nord de l'Asie, & bien voir ;

pour me le dire au retour, la part que le sultan de Soulou lui-même, notre douteux allié, prend à cette expédition; s'il l'encourage, la tolère ou n'est pas assez puissant pour l'empêcher.

« Jusqu'au retour de mes Tagals, je continue à me livrer à l'étude géologique de Kouparou. Évidemment elle est de formation récente. Le volcan éteint, dont elle était pour ainsi dire le chandelier, travaille encore à une profondeur appréciable, car des filets d'eau, d'une température élevée, suintent constamment à travers le lit de lave qui presse sa base.

« Si je parviens à décider l'Amirauté à faire un port de relâche permanent de Kouparou, je demanderai, avant toutes choses, qu'on purge l'île de la présence intolérable des singes par une chasse régulière de plusieurs mois; absolument comme firent autrefois nos aïeux pour les loups en Angleterre. »

Admirable projet! m'écriai-je; & que

13.

lord Campbell n'a-t-il eu le temps de le mettre à exécution ! je ne serais pas où je suis.

« On ne réaliserait aucune fondation sérieuse, ajoutait ce beau passage du journal, avec de tels voisins, dans les regards bilieux desquels on croit toujours lire la colère menaçante des gens dépossédés de leurs biens.

« Nous voici à la fin du mois de mai, poursuivait le journal, dont je passe de nombreuses dates sans importance pour mon histoire ; presque deux mois se sont écoulés depuis le second départ de mes dévoués Tagals, & je n'en ai pas de nouvelles. Ils ne veulent pas rentrer à Kouparou, je présume, sans avoir à m'apprendre avec certitude le moment du départ de la flottille interlope.

« Je ne puis traiter que de pure vision, disait plus loin lord Campbell, l'observation faite par M. Dawson, mon secrétaire, qui prétend avoir vu la nuit dernière des

feux errer au bord de la mer comme en
allument ordinairement les pêcheurs des
côtes ou les pirates de ces contrées. Après
tout, quoique Kouparou soit assez malaisé
à tourner & à aborder surtout, au milieu
des écueils qui lui font une ceinture à la
distance de huit lieues dans la mer, il n'est
pas impossible que des pêcheurs, des naufragés & même des pirates y aient allumé
quelques feux.

« Ils seront partis le lendemain, croyant
l'île inhabitée, comme le sont du reste la
plupart des îlots qui hérissent le grand archipel de Soulou. Bon voyage !

« En effet, aujourd'hui M. Dawson, après
avoir parcouru la plage, là où il avait cru
voir s'élever de la fumée, accourt me dire
qu'il s'était trompé. Il n'a vu aucune empreinte de pas dans le sable ni restes de
bois consumés au bord du rivage. C'était
de sa part une illusion; j'en étais sûr.

« Demain, 1er juin, je donnerai une
grande fête ici, dans ma fraîche vérandah,

à mes chers officiers de l'*Halcion* et à leurs
familles.

« Mais que signifie ce long poignard
plongé par le pointe dans le sable, trouvé
par un de nos matelots sur la plage opposée
à celle qu'a parcourue M. Dawson? Un
poignard à scie & à dents de forme malaise, un *cri*, car c'est le nom sinistre que
les brigands de l'Océanie donnent eux-
mêmes à cette arme meurtrière et presque
toujours empoisonnée. Dawson, qui est
superstitieux comme un Irlandais qu'il
est, aurait fait là-dessus bien des com-
mentaires. Le matelot qui me l'a remis n'a pu me fournir aucun renseigne-
ment. »

Oui, demandai-je à mon tour au journal
que je tenais sous mon regard interroga-
teur; oui, que signifiait ce poignard? d'où
venait-il? pourquoi était-il là? Qui l'avait
planté par la pointe?

Lord Campbell n'en disait pas un mot.
Il passait de nouveau à sa fête, dont les

détails, que je vais rapporter, allaient jusqu'au bout de la page.

« Comme le temps est d'une sérénité magnifique, nous dînerons à cinq heures dans la cour sablée de la vérandah, & nous resterons à table jusqu'au moment du bal. Nous entrerons alors dans la grande galerie, et je présiderai aux danses de mes braves officiers & de leurs familles. Je leur dois bien cette distraction pour les payer des fatigues et des ennuis qu'ils ont essuyés depuis six mois bientôt que nous avons quitté Macao, quoique ces derniers temps, il est vrai, n'aient pas toujours été aussi pénibles. Je crois que ces messieurs et leurs excellentes compagnes n'auront que des remercîments à me faire demain pour les plaisirs que je leur offrirai dans quelques heures.

« Sans l'inquiétude de jour en jour plus sérieuse que me cause l'absence si prolongée de mes bons Tagals, je serais parfaitement heureux dans cette île tout à fait

ignorée, presque déserte. Serait-il survenu
quelque disgrâce à mes Tagals? Ces Malais sont si défiants! s'ils ont pu soupçonner le but de leur mission!.... Mais non,
mes fidèles envoyés, un peu lents, comme
tous les peuples primitifs, arriveront demain, ce soir, peut-être... Allons nous habiller pour honorer la fête de famille qui
m'attend. »

La page était finie, j'allais commencer
la suivante.

Je tourne vivement le feuillet... je ne
vois plus rien d'écrit, rien! nulle trace d'é-
criture sur la page. Le journal de lord
Campbell, que j'espérais devoir se continuer encore une cinquantaine de pages au
moins, finissait brusquement là. Eh quoi!
pas un mot sur la fête! plus un mot sur le
poignard enfoncé dans le sable par la
pointe! plus un mot sur le retour des Tagals! Mon Dieu! quel malheur subit a
brisé la plume & la noble main qui la tenait? Mais les pirates malais? Mais leur

flottille? Mais l'*Halcion?*... Néant! néant!
néant! Un blanc sinistre bornait la dernière ligne de la rédaction du digne vice-
amiral Campbell. Encore une fois, qu'é-
tait-il arrivé à sa colonie de Kouparou, à
lui-même, depuis ce moment? Personne
pour me répondre. Devant moi le silence,
la solitude, les débris navrants que j'avais
heurtés en roulant d'écueil en écueil jusqu'aux bords de cette île mystérieuse ; des
maisons bouleversées ; des animaux sauvages & malfaisants portant avec la rail-
lerie d'une basse vengeance les habits des
honorables officiers d'un vaisseau de la
plus puissante souveraine du monde. Moi
seul, rien que moi & les orangs-outangs,
les mandrills & les babouins !

Tout le reste de cette journée mes yeux
hagards, image de mon esprit troublé, ne
quittèrent pas les dernières lignes de ce
journal, terminé par une description de
fête & par un massacre général. Mais, commis par qui, ce massacre ? Ah ! toute ma

raison se révoltait à la supposition impossible, beaucoup trop absurde, qu'une conspiration de singes, quoique ma vie dépendît d'eux en ce moment, eût produit tant de crimes.

La nuit vint; elle fut épouvantable pour moi : épouvantable d'hallucinations, d'angoisses, de cauchemars, de réveils en sursaut. Au jour, me sentant un peu moins agité, je me dis que si tous ces braves gens de la station navale avaient été assassinés, je trouverais du moins leurs restes, leurs cadavres; car, d'après mes calculs, puisque nous étions en juillet & que le journal finissait en juin, il n'y avait qu'un mois que toutes ces abominations auraient été exercées.

Cette idée, fort raisonnable, une fois entrée dans mon cerveau, je rapprochai les faits dont j'avais pris connaissance par le journal de lord Campbell, & je fus conduit pas à pas à la conclusion que voici :

Les espions tagals auraient laissé échap-

per leur secret ou l'auraient laissé deviner
à leur premier voyage à Soulou.

Les pirates malais, voyant leur plan découvert, n'auraient pas permis aux Tagals
de retourner à Kouparou à leur second
voyage. Ils auraient écorché les malheureux espions de lord Campbell ou les auraient mangés, car les Malais sont aussi
un peu anthropophages.

Après avoir mangé les Tagals, les Malais, dont la vengeance ne s'arrête jamais
en chemin, auraient opéré une première
descente de nuit dans l'île de Kouparou,
ce qui expliquerait les feux lointains
aperçus par M. Dawson, le secrétaire de
lord Campbell, qui aurait donc eu tort
de mettre en doute la lucidité de son secrétaire.

Le poignard planté dans le sable était
la menace symbolique adressée par les pirates aux marins de la station, prévenus
par cet avertissement figuré, mais fort énergique, qu'ils reviendraient dans peu les

poignarder ou se rendre maîtres d'eux
d'une manière quelconque.

Ils étaient, en effet, revenus, & l'époque
de leur descente à Kouparou avait dû coïn-
cider exactement avec la fête offerte aux
officiers de l'*Halcion* par le vice-amiral
Campbell.

Les pirates se seraient emparés de tous
les officiers & de tous les matelots trouvés
par eux sur l'île même ; puis ils les auraient
embarqués sur l'*Halcion*. Enfin l'*Halcion*,
dont la résistance avait été impossible,
presque tout son équipage étant à terre,
aurait été conduite avec tous les prisonniers, hommes & femmes, à Soulou ou à
tel autre port de l'archipel de ce nom re-
douté.

La descente, la surprise, l'enlèvement
avaient dû avoir lieu au milieu du grand
festin qui avait précédé le bal, & de là le
désordre & la confusion remarqués par moi
dans la cour de la vérandah le jour où j'y
pénétrai, sans oublier de faire la part que

d'autres dévastateurs réclameraient si je les oubliais ici ; mais je ne les oublie pas.

Les pirates & leurs prisonniers étant partis, les singes, ces mille milliers de singes dont lord Campbell se plaint à tant de reprises dans son journal, auraient pris la place des gens de la station navale, profité des dépouilles négligées par les pirates, endossé les habits d'uniforme que n'avaient pas eu le temps d'emporter les malheureux officiers & matelots de l'*Halcion*, & continué l'incendie allumé par les Malais, & dans lequel avaient dû être jetés les meubles de toutes ces gracieuses maisons qui formaient la petite cité coloniale de Kouparou.

Enfin, ne laissant pas rompre un seul instant le fil logique que je tenais entre les doigts, j'arrivai de toutes ces conséquences incontestables à cette vérité générale sur la situation de l'île de Kouparou : que les singes d'une certaine espèce supérieure l'avaient possédée les premiers ; que ces

singes en avaient été chassés par les Tagals; que les Tagals aussi avaient été à
peu près mis à la porte par les Anglais;
que les Anglais avaient été expulsés par
les pirates malais ; que les pirates malais,
à leur tour enfin, venaient d'être dépossédés, sinon par la force, du moins par le
fait, par les singes mêmes, auxquels ainsi
serait revenue une seconde fois l'autorité
souveraine sur l'île de Kouparou ; sort, du
reste, réservé à la majeure partie des îles
de l'Océanie, dont beaucoup attestent déjà
par leurs ruines qu'après avoir été habi-
tées autrefois par des peuples assez intelligents pour couvrir ces îles de constructions magnifiques , elles ont fait place
ensuite à des populations de singes. Effroyable révolution ! Ces rires vivants &
moqueurs, ces Voltaires à quatre mains
marchant en silence sur des nations couchées dans le néant, font blanchir la
pensée.

Abîmé dans les plus sombres réflexions,

après m'être ainsi rendu compte des malheurs arrivés à la station anglaise de Kouparou, je quittai le cabinet de lord Campbell, & je descendis dans les pièces inférieures, résolu désormais à ne plus songer sérieusement à une délivrance impossible. Je vivrai dans ce tombeau, me dis-je, tant qu'il plaira à Dieu de m'y conserver. Rêver d'en sortir était une de ces espérances extravagantes qui ne relèvent que de la folie, surveillé, gardé, cerné, menacé comme je l'étais par des geôliers plus subtils & plus cruels mille fois que les pirates malais. Je visitai de nouveau mes portes; je les barricadai de plus belle, & décidé à ne plus voir la lumière du jour, car je ne pouvais en jouir, on le sait, qu'à la condition de voir aussi la ceinture de plus en plus sinistre & menaçante des assiégeants, j'allumai des bougies & m'installai comme pour l'éternité.

Après avoir additionné mes provisions de bouche, je crus à la possibilité de pas-

ser au moins trois ans dans ce caveau sans
être exposé à y mourir de faim & de soif.
Mais, au bout de quinze jours de cette existence fade & monotone comme le sommeil, je me vis en proie à une souffrance
intolérable que mon genre de vie excep-
tionnel venait de me révéler. Je dois dire
d'abord, avant de mentionner cette cala-
mité imprévue & afin de ne laisser dans
l'ombre aucune de mes misères, que mes
pauvres habits, depuis longtemps en lambeaux par suite des tribulations de leur
maître, eurent un beau jour le courage de
me quitter. Comme je n'avais ni fil ni aiguille pour en rapprocher les guenilles en
fuite, je fus contraint de me résigner à aller tout nu.

L'inconvénient était grave, car dans la
saison où l'on entrait, les nuits, dans ces
climats bizarres, sont humides, souvent
froides comme en Europe. J'éprouvai bientôt aux articulations des douleurs exces-
sives, accompagnées d'une fièvre lente qui

ne m'abandonnait pas. L'incommodité plus
grave dont j'ai à parler est celle-ci. J'ai déjà
dit que l'eau manquait dans les offices de
la vérandah. Les premiers jours, la priva-
tion de cette boisson naturelle m'affecta
peu. Je bus des différents vins renfermés
dans les caisses & dans les paniers. Ces
vins, je l'ai déjà dit aussi, étaient très-vio-
lents d'alcool. Or, la nécessité de ne me
désaltérer qu'avec ces liquides ardents sans
le mélange modérateur de l'eau m'irrita les
entrailles au point que j'étais toujours al-
téré, & que, plus je buvais, plus j'avais
soif. Avec quoi apaiser cette soif ? Ah ! que
de grand cœur j'eusse donné cent mille
bouteilles de vin de Champagne pour un
verre d'eau ! Pendant quinze jours j'endu-
rai ce supplice d'heure en heure plus poi-
gnant ; mais la crise était menaçante : ma
langue était sèche comme une semelle de
cuir, mes yeux enflés & sanglants, mes
mains suaient la fièvre, mon cerveau gril-
lait sous mon crâne. Je sentais que je tou-

chais à l'hydrophobie. Déjà, dans mes rêves, je mordais les gens & je buvais leur sang pour me rafraîchir.

A mes minutes lucides, je me démontrais combien nos goûts dans la vie factice de la civilisation, sont faux dans leurs raffinements décevants & menteurs. Jamais on ne se lassera de boire de l'eau, de cette eau si dédaignée, & quinze jours des meilleurs vins, des plus rares liqueurs m'avaient rendu furieux. Aussi, depuis ce passage douloureux de mon existence, ai-je toujours eu un respect religieux pour les fleuves. Si, au fond, je suis resté bon catholique en toute choses, j'ai mêlé à ce sentiment, dont je m'honore, un amour pieux pour le Gange, mon beau fleuve indien, ce père des fleuves. Je comprends, j'admire les Hindous, qui le regardent avec raison comme sacré.

Le sang volcanisé par la soif & la fièvre, je m'élançai un jour, à bout de souffrances, à travers l'escalier qui conduisait au cabi-

net de lord Campbell. J'ouvre l'armoire
aux armes, je charge les trente fusils de
chasse qui s'y trouvent, & après les avoir
portés avec des paquets de munitions au
clocheton, je brise deux carreaux de la lanterne; j'en fais deux meurtrières. Ces ouvertures pratiquées, je me dispose à ouvrir
le feu contre ceux qui m'empêchent d'aller
puiser de l'eau au lac dont j'aperçois au
loin bleuir la belle nappe, contre ceux qui
se mettent entre l'eau et moi. Leur mort
ou la mienne!

Mais quel spectacle inattendu frappa
ma vue par les meurtrières de ce clocheton qui va devenir une redoute dans l'intervalle de quelques secondes! J'avais laissé
deux ou trois mille singes le jour où j'en
étais descendu avec l'intention de n'y plus
remonter. Aujourd'hui, ils sont vingt mille
au moins. Qui les compterait? Comptez
les insectes noyés dans l'océan de l'air, un
soir d'été, sous la ligne! Ils n'avaient auprès d'eux, il y a un mois, que d'insigni-

14

fiants monceaux de pierres; ces monceaux
ont grandi : ce sont des tas énormes, ce
sont des collines de projectiles, & si rappro-
chées les unes des autres, qu'elles ont fait
monter le champ de bataille, le camp des
assiégeants, au-dessus du point le plus
élevé de la vérandah. Le clocheton qui dominait la place est dominé maintenant.
C'est lui qui est dans la plaine.

N'importe! j'ouvre le feu; il est ouvert!
Je tire en pleine matière vivante; six balles
dans chaque fusil. J'abats un orang-outang, un mandrill, un babouin, que sais-
je? L'essentiel est que je tue, & je tue. Je
saisis avec la même frénésie un autre fusil;
même coup, même adresse, même résultat; je fais des trouées de morts de vingt-
quatre pieds d'étendue. Mais au moment
où, ivre de mes assassinats héroïques, je
vais lâcher mon troisième coup de fusil,
une mitraillade de pierres arrive sur les
flancs, sur la face, sur les côtés de la vérandah. Quel bruit ! Le fracas de cette pluie

de pierres mêlée de poignées de sable &
des sifflements ricaneurs de ces bouches
pleines d'injures, n'est pas possible à rendre avec des mots ; il faudrait des instruments, il faudrait des limes d'acier grin-
çant sur des angles de granit. Mes fusils ne
s'entendent plus ; ils sont devenus sourds.
Tout ce que je sais, tout ce que je distingue, c'est que je tue toujours ; je tue par
vingtaine, par centaine ; mais ces vingt,
ces cent qui crient & tombent, sont immédiatement remplacés, & le moment arrive
enfin où je suis obligé de m'arrêter pour
recharger mes armes. Eux ne s'arrêtent
pas ! Ils redoublent d'ardeur. Alors je reconnus que ce grand art de la guerre n'é-
tait pas moins familier aux animaux qu'à
l'homme, qu'ils en possédaient même les
plus subtiles ruses. Car ce fut à ce moment où je parus faiblir, que Karabouffi,
jusque-là caché derrière le rideau, parut,
& vint donner un nouvel élan à ses troupes.
Condé accourait jeter son bâton de maré-

chal dans les lignes de Senef. Karabouffi
lança son bâton! Senef, c'était moi.

Je faillis avoir un dessous fatal. Le bâton du babouin fut si bien dirigé, qu'il
entra en flèche dans la lanterne du clocheton, m'atteignit & me fit rouler jusqu'à la
dernière marche. Ma rage déborda.

Quoique étourdi par ma chute, je remontai aussi vite que j'étais descendu. Mais,
dès cet instant, tous les projectiles tombèrent sur la lanterne, qui fut bientôt dé-
capitée. Les quatre côtés allaient s'abattre.
Il était temps de reprendre vigoureusement l'offensive. Ce que je fais. Je la re-
prends, je recommence à tuer, bien que
j'eusse le front déchiré, plusieurs dents
cassées, les doigts écorchés, la poitrine en
sang. Vous n'avez pas oublié que j'étais
nu. Vingt fois avant la nuit, qui ne m'a-
vait jamais paru si lente à venir, je rechar-
geai mes trente fusils. Quel travail! Mais
la plupart commençaient à ne plus pouvoir
servir, ils avaient besoin d'être nettoyés;

trois avaient éclaté dans mes mains. Heureusement la nuit s'abattit enfin sur cette scène de carnage sans exemple, je crois, dans l'histoire du monde. Les animaux, quoiqu'ils soient plus méchants que nous, ne se battent pas la nuit. Ceux-ci cessèrent le feu, je cessai pareillement le mien. La victoire resta indécise.

A vrai dire, c'est eux qui l'avaient déjà gagnée; car un ennemi qui se renouvelle sans cesse, fût-il vingt fois, cent fois moins habile & moins brave que son adversaire, doit finir par le vaincre. La victoire n'est donc que le nombre? Sans doute, & c'est là encore ce qui prouve combien la guerre est un art mystérieux. Mais je descendis dans mon caveau, & j'y descendis plus malade que jamais : l'exaltation s'était mêlée à la fièvre & la fièvre au désespoir. Le frisson me gagna, mes dents claquaient. L'air s'était refroidi comme les jours précédents. Je serais mort de froid cette nuit-là sans une trouvaille des plus miraculeuses. En

14.

fouillant dans un coffre de lord Campbell,
où j'étais allé chercher de nouvelles munitions pour le combat du lendemain, je mis
la main sur une épaisse fourrure d'un poil
doux comme de la soie. En l'examinant,
en considérant ses prodigieuses dimen-
sions, je reconnus que cette belle fourrure
était précisément la peau du gigantesque
mandrill tué à la chasse par lord Campbell, ce même mandrill dont le squelette,
pendu à un mimosa, m'avait frappé de surprise et d'épouvante à la lueur blafarde de
la lune.

Je m'enveloppai avec béatitude dans cette
bonne fourrure d'un noir superbe, aussi
chaude que celle d'un ours. Je fis mieux :
je mis mes jambes dans celles de l'animal,
mes bras dans ses bras, c'est-à-dire que j'appliquai les endroits de la peau indiquant
ces parties à mes bras & à mes jambes.
Puis je fixai le tout à l'aide de plusieurs
coutures longitudinales pratiquées avec de
la ficelle, afin que la chaleur ne se perdît

par aucune ouverture. Enfin, pouvant avoir
un bonnet avec la même fourrure qui m'a-
vait fourni un pantalon & un habit, j'appliquai la peau du front du mandrill à mon
propre front. Je me regardai dans une glace ;
je reculai de saisissement !

Avec mon teint brûlé, mes joues mai-
gres, ma bouche tirée, qui laissait voir mes
dents ; avec mes pommettes saillantes, mes
cheveux tombant sur les épaules ; avec ma
barbe de deux mois, confondue avec la
masse de mes cheveux ; avec mes yeux rendus mobiles & mélancoliques par la fièvre
dont j'étais miné, je me pris pour le mandrill lui-même. Non ! il n'est pas possible
de réaliser une ressemblance plus émouvante. J'en fus troublé, troublé au point
que je me mis à bondir & à gambader sur
les bancs & sur les tables pour bien m'assurer par mes gaucheries que je n'avais
pas perdu ma dignité d'homme. Hélas !
faut-il le dire ? si je ne l'avais pas entièrement perdue, elle me sembla singulière-

ment compromise. Je me trouvai sous cette peau d'une élasticité, d'une flexibilité alarmantes.

A peine le jour revenu, il fallut remonter au clocheton, & y remonter bien vite. Cette fois, ce n'était pas moi qui commençais le feu, c'étaient les autres. J'avais donné l'exemple la veille, ils le suivaient le lendemain. Cette reprise des hostilités tourna mal pour moi, très-mal. Au bout de cinq minutes d'assaut, le mur de face de la vérandah, faible comme tous les murs de ces sortes de constructions, s'écailla, se fendit sous le choc des pierres, & bientôt les légères charpentes furent mises à nu. Le clocheton, que soutenait en partie ce mur principal, trembla sur sa base. J'étais perdu, l'instant suprême approchait; je n'en étais plus séparé que par quelques secondes. Tout s'éboulait autour de moi. Il me restait à choisir de me faire écraser sous les débris de la vérandah ou de me précipiter au milieu de ces êtres furieux, exaspérés, ivres du délire de la vengeance & de celui d'une victoire qu'ils sentaient bien ne pas pouvoir leur échapper. Je me décidai à mourir en homme. Je pris un poignard malais dans une main, un révolver dans l'autre, & je sautai à pieds joints au centre de la fournaise.

Je tombai sur la terre, quand j'avais cru disparaître sous un réseau de griffes : un vide de trois cents pas s'était fait instantanément autour de moi. Toute l'armée avait reculé, reculé avec respect, avec une terreur solennelle, le regard en dessous, l'âme foudroyée.

J'étais pétrifié. Mais poursuivons l'histoire de cette péripétie étourdissante pour moi comme les lumières & les fanfares d'une résurrection.

Rampant sur le ventre à la façon des serpents, ces nouveaux reptiles revinrent à plat ventre vers moi. Karabouffi rampait à leur tête. Écrasé par la peur, par une peur formidable, son front énorme avait disparu entre ses épaules crispées de terreur; son souffle aminci rasait la terre; son corps, trois fois plus considérable dans son état naturel que celui d'un homme de haute taille, n'était plus qu'une peau laminée & frissonnante plaquée contre le sol. Quand il fut à mes pieds, il les lécha pendant plus d'un quart d'heure; &, cet acte d'abaissement achevé, il s'écarta un peu pour faire place aux autres. Ceux-ci, à leur tour, se mirent à me lécher pareillement les pieds. Aucun d'eux ne fut assez hardi pour élever ce genre de vénération jusqu'à la hauteur de mes mains. Cette cérémonie me confondait d'étonnement. J'avais l'air de ce pieux personnage que les saintes légendes nous représentent entouré de l'hommage des bêtes fauves dans la fosse aux lions.

Mais que signifiait donc?... car, enfin, il fallait qu'une explication...

Cela signifiait, ma situation extraordinaire me le révéla, qu'avec ma peau de mandrill, ma tête de mandrill, ma poitrine velue de mandrill, mes mains & mes jambes de mandrill, j'étais pris, vous le devinez maintenant, pour le colossal mandrill dans lequel le vice-amiral lord Campbell avait soupçonné, & non sans raison, on le voit, un ancien souverain de Kouparou. Oui, j'étais pris pour le même grand mandrill qui aurait éventré Karabouffi si lord Campbell n'avait abattu le mandrill d'une balle au front.

Cette vénération fanatique, au lieu de se démentir, ne fit que s'accroître. Cela devenait une prière universelle. Un dieu de l'Inde n'est pas plus adoré de ses superstitieux serviteurs. J'aurais marché, trépigné sur ce tapis vivant, que pas un poil ne se fût hérissé, n'eût osé remuer.

J'étais donc sauvé? Sans doute, mais j'étais passé singe aussi. Mieux que cela! j'étais manifestement reconnu roi des singes par tous les singes de Kouparou. Et que m'avait-il fallu pour cela? tirer quelques coups de fusil, perdre la tête &

fourrer sur mon dos une peau illustre.
Puisqu'il en était ainsi, puisqu'il fallait
ou *périr ou régner*, comme on dit, je crois,
dans les tragédies, je me résignai à régner,
quoique mon peuple me parût bien laid.
Mais je n'avais pas choisi.

Cette résolution étant prise, je tendis
noblement la patte à mon prédécesseur, à
Karabouffi, que j'élevai, par ce mouvement
de grandeur facile à interpréter, au rang
suprême de mon premier ministre.

Ce premier acte d'autorité de ma part
étonna prodigieusement autour de moi;
mais je m'aperçus qu'au fond il était du
goût de la généralité. Mon bon sens ne
m'avait donc pas trompé. Je m'étais toujours dit, & cela bien avant que la nation
des singes m'eût placé le sceptre dans les
mains, qu'il était d'une mauvaise politique à un ministre de tourmenter, d'a-
baisser, de punir. Car, s'il agit ainsi, s'il
écoute les inspirations de la haine ou les
conseils effarés de la peur, il se crée infailli-

blement des ennemis souterrains, implaca-
bles, des critiques acharnés à blâmer toutes
ses actions, des antipathies d'autant plus à
craindre qu'elles entretiennent chez le peuple des mécontents, les deux sentiments à
l'aide desquels on agit à coup sûr, à un
moment donné, sur son cœur & sur son
esprit : le regret de ce qu'il n'a plus, l'espoir de ce qu'il peut avoir encore.

Et combien ne rend-on pas difficile,
presque impossible, le retour de ceux dont
on a accepté la succession, en les laissant
où ils sont tombés, en ne les rehaussant
pas par le mirage de l'éloignement & le
coloris de la persécution, en les amoin-
drissant, au contraire, par une tolérance
ouverte !

Je n'exerçai donc aucune sévérité contre
Karabouffi, qui, après tout, avait eu la générosité, m'ayant tenu plusieurs fois en sa
puissance, de ne pas me faire écorcher
tout vif de la tête aux pieds.

Cependant, quel que fût mon respect

15

pour la déchéance de Karabouffi, je ne pus lui éviter une contrariété des plus pénibles pour son amour-propre & pour ses passions. Mais, à côté de la prudence que je venais de montrer, il m'importait au même degré de montrer de l'énergie & de l'équité. D'ailleurs, dans ce que je me proposais d'exécuter, je ne faisais qu'étendre le principe au nom duquel j'avais épargné Karabouffi lui-même. Tous les sajous, tous les anciens partisans du mandrill dont j'occupais la place, furent relevés de l'exil & de la disgrâce. Quelques vieux orangs-outangs, quelques babouins du règne tombé, quelques-unes de ces vieilles moustaches coiffées de ces hauts chapeaux à grands plumets volés à la station navale du vice-amiral Campbell, murmurèrent derrière leurs barbes. Je n'en tins nul compte. L'exemple fut bon. Il entraîna. On est toujours fort quand on est dans le bien. A l'instant même les grands dignitaires de l'espèce, ceux qui tenaient le rang de juges, de gé-

néraux, de grands officiers du palais, sou-
rirent à la proposition & reçurent à bras
ouverts les proscrits. Sajous & babouins
s'embrassèrent en pleurant. La réconcilia-
tion était-elle sincère ? Peut-être bien. Ceux
qui ont intérêt à tenir les partis divisés
soutiendront toujours qu'il est périlleux
pour la société de les mettre en présence ;
mais... mais je passe ; les réflexions m'é-
touffent.

Voici l'épreuve plus cruelle à laquelle je
fus obligé de soumettre personnellement
mon prédécesseur, malgré mon humanité
bien connue. Suivi de tous mes sujets &
de toute ma cour, ayant mon premier ministre Karabouffi à ma droite, je me dirigeai en grande pompe vers la prison de
l'infortuné Mococo. Le cortége était impo-
sant. Nous parvînmes à l'horrible cage de
fer au fond de laquelle il languissait de
tristesse & d'amour. Saïmira, qui le conso-
lait en ce moment derrière les barreaux,
fut effrayée de la présence de cette foule.

Elle crut qu'on venait chercher son amant
pour le conduire à l'échafaud. Comment la
détromper sans me trahir? L'événement se
chargea de la rassurer. Je délivrai d'abord
Mococo ; mettant ensuite sa main émue
dans celle de la gentille Saïmira, je fis comprendre aux deux chers amants, en les tenant pendant quelques minutes enchaînés
par cette douce pression, que je les unis-
sais à la face du ciel, qui a vu des unions
infiniment moins bien assorties parmi les
hommes. A ce spectacle de bonheur, Karabouffi déchira l'air d'un cri de désespoir &
de rage. J'eus pitié de sa position. Afin de
lui épargner le poison lent de voir chaque
jour un si heureux ménage, j'éloignai pendant quelque temps le couple chimpanzé.
Ils allèrent l'un & l'autre, sous ma protection, épuiser le doux miel de leur lune
dans un endroit isolé que je leur désignai
dans un coin de l'île, au milieu des eaux
blanches & endormies, des lianes jaunes &
roses, & des fleurs mystérieuses qui s'ou-

vrent la nuit pour que le soleil ne boive
pas leurs parfums. Les guenons parurent
extrêmement satisfaites de ma conduite.
Quoique la plupart d'entre elles ne fussent
pas, ainsi qu'on l'a vu, des chefs-d'œuvre
de régularité, elles m'approuvèrent beaucoup. Ce qui est honnête a cela d'absolu
en soi qu'il force l'hommage même du
vice, & c'est là peut-être son plus beau
triomphe.

Ces débuts d'un règne en apparence si
facile ne me laissèrent pas tout à fait sans
inquiétude, quoique, au fond, je me hâte
de le déclarer après expérience faite, rien
ne soit plus facile que de gouverner & de
bien gouverner. Est-ce que Dieu aurait jamais voulu mettre à si haut prix l'art de
diriger les hommes que d'en faire le privi-
lége de certaines familles & de certains
hommes extraordinaires? Il m'a été souvent plus difficile de vendre une perruche,
quand j'étais marchand d'oiseaux, que
d'être maître de la volonté de cent mille

sujets de l'espèce pourtant assez peu maniable qui m'était départie.

Mais je dois dire quelle grave inquiétude me préoccupait dès les premiers jours de mon auguste règne. Comment aurais-je été parfaitement tranquille tant que le squelette du mandrill restait accroché à l'arbre de la forêt des mimosas? Le premier venu parmi mes nouveaux sujets qui l'aurait aperçu n'eût pas manqué de divulguer le fait aux autres; & alors qu'est-ce que je devenais? Comment pouvais-je être à la fois vivant & mort, pendu & régnant? Grand & profond souci pour un souverain d'avoir contre lui son squelette.

Il fallait donc songer au plus vite à sortir de cet affreux embarras. Le plus simple, pensera-t-on, était de faire disparaître le maudit squelette; le plus simple... pas pour moi, que des milliers de courtisans entouraient toujours. Pourtant, par une de ces nuits d'orage, comme on en voit peu dans les autres contrées du monde, mieux

assises sur leurs bases, par une de ces
nuits de soufre et d'électricité qui endor-
ment les tigres & les éléphants sur leurs
genoux comme s'ils étaient de pierre, tant
l'air est lourd à leurs yeux & à leurs cer-
veaux, je sortis. Mes gardes du corps, mes
chambellans, mes valets de chambre dor-
maient à ne pas entendre la trompette du
jugement dernier. Le vent était d'une telle
impétuosité en chassant les nuages au ciel,
que la lune paraissait se décrocher de son
cadre & tomber de tout le poids de son
disque à l'horizon, pour remonter aussi
vite à son zénith. Des arbres de cent quarante pieds de haut étaient brisés comme
des allumettes, &, après avoir été couchés
& soulevés par la tempête, ils passaient à
mes côtés comme des tourbillons de paille;
une seule feuille sèche de ces arbres qui
m'eût pris au revers, quelques-unes, il est
vrai, ont un demi-mètre de largeur, m'eût
coupé en deux avec la netteté d'un rasoir.
Je vis cette bourrasque faucher en trois

minutes des parties de forêt & laisser le
terrain nu jusqu'à la roche. On ne com-
prendrait pas comment je ne fus pas em-
porté comme un atome, si l'on ignorait
que ces ouragans procèdent par courants
dont la largeur varie peu. Ce sont des
bandes, des espèces de lignes tirées avec la
régularité d'une règle. A deux pas de la
tempête on peut la voir passer sans être
atteint. Telle fut la nuit que je choisis
pour mon expédition funèbre.

On ne me vit donc pas sortir de la vérandah. Je m'esquivai dans l'ombre & je
gagnai, caché dans les plis de la tempête,
le grand bois des mimosas où je savais être
accroché. Je dis *moi*, car désormais je me
supposais en tout, pour tout & partout le
mandrill, le mandrill découvert par lord
Campbell. Je parvins à l'arbre patibulaire,
& là, après avoir creusé une fosse de sept
pieds de longueur, je m'enterrai avec toutes
les précautions possibles. Je me couvris
d'abord de terre végétale, puis de sable,

puis de gravier, ensuite d'une nappe de
feuilles sèches. En ce moment bizarre &
solennel, je me crus plus extraordinaire
que Charles-Quint lui-même. Il n'assista,
au couvent de Saint-Yust, qu'à son propre
convoi funèbre, tandis que moi, Polydore
Marasquin, j'étais à la fois mon propre
convoi, mon propre fossoyeur & mon
propre mort. A coup sûr, j'étais, on en
conviendra, le premier exemple d'un souverain & d'un homme qui s'inhume de ses
propres mains. Une fois tranquille sur
mon inhumation, je ne pensai plus, en attendant mon entière délivrance, qu'à profiter de l'erreur à laquelle j'en devais déjà
une partie, c'est-à-dire à bien régner. Rien
n'est plus facile ; j'ai exprimé mon opinion
à cet égard. Les sujets se chargent ordinairement de vous rendre cette besogne
encore plus aisée. Ils veulent à tout prix
trouver le successeur infiniment meilleur
en toutes choses que le prédécesseur. Quoi
qu'il fasse, il est toujours plus intelligent,

15.

plus énergique, plus généreux. Premier moyen de popularité forcée. Néron & Louis XI n'y ont pas échappé. Le second moyen de popularité offert à un nouveau souverain, & il n'est pas moins infaillible qu'il est banal, est celui-ci : c'est de faire exactement le contraire de son prédécesseur, d'être le contraire de ce qu'il a été. Il parlait beaucoup, soyez silencieux; il était silencieux, parlez beaucoup; il allait à pied, n'allez qu'à cheval; il allait à cheval, n'allez qu'à pied; il était familier, soyez fier; il était fier, soyez familier; il était pacifique, soyez batailleur; il était batailleur, soyez pacifique; il aimait les arts, méprisez-les; il les méprisait, faites semblant de les aimer; il adorait la famille, restez célibataire; il pratiquait le célibat, mariez-vous; il jetait l'or par les croisées, soyez économe; il était avare, jetez l'or par les croisées. J'en ai assez dit pour qu'on ait saisi la valeur de ma théorie. Passons maintenant, en ce qui me concerne, à l'application de cette théorie.

Il va sans dire que, n'ayant pas absolument à gouverner des hommes, mais des êtres très-inférieurs à l'homme, quoiqu'ils aient une effrayante ressemblance avec lui, je n'eus pas l'occasion d'appliquer ma théorie dans toute sa rigueur. Je m'attachai seulement à bien connaître ce que je devais en détourner pour mener à mon but des esprits inconstants, légers, frivoles, passionnés, imitateurs surtout.

Mon prédécesseur Karabouffi ayant fait détruire par ses sujets, devenus les miens, ma gracieuse vérandah, je ne crus rien imaginer de plus agréable pour eux que de les obliger à la reconstruire. Je pris quelques moellons détachés par le choc de leurs projectiles, &, en leur présence, je les posai les uns sur les autres dans l'ordre symétrique qu'ils occupaient avant leur déplacement. Aussitôt, & comme par l'ordre de la fée, tous les moellons furent disposés d'une manière admirable. Je brûlai ensuite certaines pierres que je délayai dans de l'eau pour en obtenir de la chaux vive ; à l'instant même tous mes sujets, saisis de la rage de la maçonnerie, broyèrent des calcaires, cassèrent des coquilles, apportèrent de l'eau, délayèrent, remuèrent, & me procurèrent de la chaux en assez grande quantité pour rebâtir la tour de Babel. Ils étaient beaux à voir, blancs de plâtre jusqu'aux moustaches, jusqu'aux coudes & jusqu'aux genoux.

Karabouffi avait l'air de penser, en voyant le parti que je tirais de ses anciens sujets, qu'il n'aurait tenu qu'à lui de suivre le même chemin que moi & d'arriver au même but. Il avait raison, mais il ne l'avait pas fait.

Du reste, mûri par l'expérience, s'il reprenait jamais son sceptre, il n'avait, pour se rendre populaire, qu'à démolir mon ouvrage.

La vérandah relevée de ses ruines, je fis tracer, à travers les forêts environnantes,

quatre superbes allées de plusieurs lieues
qui allaient jusqu'à la mer. Cette magnifique percée fut ouverte en quelques jours
& par un moyen aussi simple que celui
auquel j'avais eu recours pour faire reconstruire mon palais. Je commençai par arracher trois arbres à droite, trois arbres à
gauche des quatre lignes représentant les
quatre routes à ouvrir dans l'épaisseur du
bois. Aussitôt les mains & les haches s'a-
battirent sur les arbres. Je crus voir se renouveler l'ouragan dont je fus assailli dans
la nuit de mes funérailles. Mon but, en
ouvrant ces quatre routes, était de découvrir d'aussi loin que possible si quelque
vaisseau ne viendrait pas visiter cette île &
me délivrer.

On devine sans effort qu'une fois que
j'eus la liberté de mes mouvements, je ne
restai pas sans m'occuper de savoir si quelques vestiges épars dans l'île ou sur ses
bords ne me diraient pas quel avait pu être
le sort, à coup sûr funeste, des braves ma-

rins de la station navale. Mes investigations
eurent le résultat que je vais dire. Au fond
de la baie échancrée dans les terres, où le
journal de lord Campbell indiquait le
mouillage de l'*Halcion,* je fus frappé d'une
particularité qui prouvait clairement que
cette magnifique frégate n'avait pas quitté
la baie d'une façon naturelle. Si elle eût
appareillé selon les règles ordinaires de la
navigation, elle eût enlevé, avant de partir,
ses ancres & les bouées qui marquaient
l'endroit où elles avaient été descendues.
Eh bien! les bouées étaient à leur place,
& je n'eus qu'à glisser ma main sous l'une
d'elles pour m'assurer que les ancres n'a-
vaient pas bougé. Dans leur précipitation
de voleurs, les pirates avaient coupé les
câbles à la hauteur des bouées, & ils avaient
ensuite remorqué au large la frégate pour
l'entraîner Dieu sait où!

Je fus donc irrévocablement fixé sur son
sort; mes premières inductions ne m'a-
vaient pas trompé. Toute la station navale

était devenue la proie des écumeurs malais de l'archipel de Soulou.

En parlant de cette expédition tentée par moi au mouillage de l'*Halcion*, je ne dois pas omettre de dire que je fus accompagné des grands dignitaires de ma maison royale. Leur zèle alla jusqu'à se jeter à l'eau avec moi quand je me portai en nageant à l'endroit où flottaient les bouées, faute d'une barque ou d'une pirogue quelconque pour m'y conduire. On voit que, si l'affection de mes premiers courtisans était grande, ma marine n'était pas encore dans un état fort brillant.

Je rentrai dans mes États, après cette courte absence, aux acclamations de mes sujets, dont je faisais de plus en plus le ravissement. Dirai-je ici que la chose qui me popularisa par-dessus tout parmi eux, la chose qui vint merveilleusement prouver l'efficacité de ma théorie gouvernementale, celle dont j'ai parlé un peu plus haut, c'est qu'au contraire de mon prédécesseur,

qui avait eu l'habitude, jusqu'à sa nouvelle
déchéance si peu méritée, de s'habiller ri-
diculement, moi j'allais tout nu. On ne
saurait croire combien le relief de ce con-
traste me mettait en faveur. Quelle simplicité ! murmuraient élogieusement toutes
les lèvres ; quel naturel charmant ! mon
Dieu ! il montre son dos comme nous &
nous sommes aussi laids que lui.

Il n'est donc pas indispensable de se coiffer toujours d'un chapeau théâtral pour
être accepté comme un grand roi.

Mais, je dois l'avouer avec la franchise
que j'ai apportée jusqu'ici dans le récit de
mes aventures, ce fut ce même avantage
de régner tout nu qui me causa le plus
amer chagrin qu'on puisse imaginer, &
qui me fit courir le plus sérieux des dangers dans la position exceptionnelle où je
me trouvais. Quand j'y pense, le frisson
court sous ma peau, mes cheveux se dres-
sent, mon cœur blémit comme si j'étais sur
le point de tomber en défaillance.

Avant de raconter ce dernier événement de ma captivité dans l'île de Kouparou, je dois dire l'effort que je tentai pour introduire dans l'âme obscure de ces pauvres êtres, légers comme l'enfance & mobiles comme la folie, quelques notions bien simples de morale. Ne vous pressez pas de vous récrier sur le péril de cette nouveauté hardie. Qui sait si Dieu ne nous a pas chargés, dans une certaine mesure délicate, de cette mission?

Quoi qu'il en soit, puisque j'ai pu, me dis-je un jour, un jour de mon bizarre règne; puisque j'ai pu faire mettre à genoux un éléphant & le dresser à saluer avec sa trompe les pères jésuites de Macao, qui venaient parfois visiter ma ménagerie; si j'ai pu apprendre l'oraison dominicale à un perroquet que je vendis mille francs à l'archevêque de Goa, touché d'une aussi belle éducation, pourquoi n'inculquerait-on pas quelques sentiments de moralité dans l'esprit bien plus délié des

singes? Ils ont l'instinct du mal, donnons-
leur celui du bien.

Ils avaient été bien irréguliers sans doute
jusqu'au moment où j'allais essayer d'épu-
rer leurs mœurs. C'était au point que leur
dépravation, passée dans leur sang, incrus-
tée dans leurs traits, se lisait sur leurs visages & leur donnait quelque chose qui les
élevait par le vice à la ressemblance avec
certains hommes d'une notoriété universelle. Celui-ci avait les yeux infernaux &
les rides spirituelles de Voltaire ; celui-là,
avec sa perruque vénérable et ses lèvres
grosses & cyniques, l'air grave et impie de
M. Diderot ; l'autre étalait, large & pante-
lante, la face tuberculeuse et bourgeonnée
de ce magnifique truand appelé, je crois,
M. de Mirabeau. Tous, enfin, ressemblaient
par quelques grimaces, par quelques attitudes, tant ils étaient corrompus, à ces
philosophes français dont mon grand-père,
Nicolas Marasquin, avait dans sa bibliothèque la vie & les portraits. Sans doute,

je le répète, tout ceci était fort irrégulier,
fort difficile à modifier. C'était presque entreprendre de retoucher la création; mais
saint Jean me servait d'exemple & d'autorité. On sait qu'il prêcha dans les sables du
désert à des animaux terribles qu'il sut
rendre attentifs.

Je me taillai une chaire dans le tronc
d'un gros arbre, & je commençai mon
œuvre de moralisation. Pas de paroles,
mais des moùvements de l'âme rendus par
des gestes expressifs. Je parus être compris.
Je levais les yeux au ciel, mon auditoire
aussitôt les levait; je croisais les bras, il
croisait les bras; je murmurais d'honnêtes
paroles, il agitait rapidement les lèvres.
Oui, dociles à reproduire tous mes élans,
les babouins, les callitriches, les doucs, les
talapoins, les bonnets-chinois, les singes
nocturnes, les magots, les plus vieux mandrills, avaient les yeux humides & se frap-
paient la poitrine.

Je vis bien alors que rien n'est plus aisé

que de faire d'un peuple de singes un
peuple de dévots ; c'est l'affaire d'un tour
de main et de quelques procédés. L'embarras est de savoir combien doit durer cette
impulsion. La réponse est difficile, puisque le temps seul, que rien ne supplée, a
mission de la faire. J'ai nommé l'écueil où
je courais me briser ; écueil, il est vrai,
contre lequel viennent périr des souverains
bien autrement puissants que moi. J'ai
nommé le temps ! On ne sait pas le rôle
qu'il joue dans leur vie & le désordre funeste qu'il allait apporter dans la mienne.
Parlons d'eux, puis je parlerai de moi.
Ont-ils le temps d'attendre d'être assez
vieux d'origine pour se faire respecter
comme race ; auront-ils même le temps, à
défaut de la race qui précède, de se créer
celle qui suit ? Auront-ils le temps ?...

Voici en quoi le temps me trahit comme
souverain de Kouparou.

Un jour de grande revue militaire, un
jour que je me livrais devant mon peuple

à des cabrioles sérieuses en manière de salut, la peau du mandrill, dont j'étais toujours revêtu, craqua!... elle craqua à une
place où mon corps avait toujours éprouvé
quelque difficulté à trouver son entier développement. Elle se fendit à l'endroit un
peu usé où le mandrill avait, durant sa vie,
l'habitude de s'asseoir. Je voulus douter...
une fraîcheur inusitée suivit ce déchirement
déplorable. C'est le masque qui tombe au
milieu d'un bal. J'étais perdu : l'homme
était reconnu ! Mon règne, ma grandeur,
ma vie allaient s'évader honteusement par
cette brèche.

Ah ! je n'avais pas prévu combien les
peaux, même les plus illustres, durent peu !
Quelle imprudence ! quelle imprudence !
ou plutôt quel malheur ! mes sujets s'aper-
çurent-ils de l'accident ? Qu'en pensèrent-
ils s'ils s'en aperçurent ? Grave, très-grave
préoccupation. Je n'osai plus me permet-
tre un seul mouvement pendant cette revue, qui me parut éternelle tant je souf-

frais d'anxiété & de crainte. On n'imagine
pas les ruses auxquelles j'eus recours pour
passer devant le rang de mes troupes sans
les mettre dans la confidence d'un événement qui eût entraîné immédiatement ma
perte. Enfin je cachai mon désastre comme
je pus, je m'esquivai comme je pus, & je
gagnai comme je pus la vérandah, où je
parvins plus mort que vif.

Je passai une nuit horrible; je la passai
aussi à raccommoder ma culotte avec les
soins les plus ingénieux. Oh! comme je
m'appliquai! c'est que c'était mon règne
que je rapiéçais. Je réussis à rapprocher
les deux bords de la blessure d'une façon
assez satisfaisante, mais je sentais bien que
la réparation ne résisterait pas aux moindres efforts que j'allais être nécessairement
obligé de faire soit pour marcher, soit pour
m'asseoir ; car enfin je ne pouvais me
tenir toujours debout pendant la durée entière de mon règne.

Misère de l'homme, & de l'homme

même monté en quelque sorte au sommet des dignités humaines ! Un gouvernement, un État, un règne, dépendre, dans une circonstance donnée, de la solidité d'un fond de culotte !

Enfin la nuit s'écoula ; au jour, mes sujets, qui m'avaient cru indisposé pendant la revue de la veille, se pressèrent sous le balcon de la vérandah pour avoir de mes nouvelles. Il me fallut paraître au balcon ; j'y parus, mais plus de saluts à me disloquer les membres dans le but de les pénétrer de la vivacité de mes affections, plus de sauts de carpe à les ravir d'admiration ; la plus sévère circonspection m'était recommandée. Je fus pourtant obligé, pour répondre à l'enthousiasme de mes sujets, de descendre au milieu d'eux par une corde placée à cet effet entre le balcon & le sol. Avec quelle prudence j'opérai cette descente, qui paraîtra si peu royale à bien des gens ! comme je me gardai de la moindre tension des muscles ! comme j'attendis d'être presqu'à terre pour m'élancer au milieu de mon peuple !

Tout se passa assez bien, Dieu merci ! quoique certains sapajous trop zélés levassent de temps en temps la tête & leur museau pointu comme pour s'assurer qu'ils avaient mal vu la veille... Périlleuse inspection !...

Enfin, échappant aux tendresses de mes sujets, je remerciai le ciel du succès de ma couture, mais je n'en demeurai pas moins convaincu que mon règne était fatalement lié à cette culotte de peau ; que la durée de celui-ci était limitée à la durée de celle-là ; & que cette culotte, symbole de ma destinée, s'amincissait de jour en jour & devait tôt ou tard entraîner ma ruine.

La sagesse des nations a dit : « Il n'y a pas de bonheur parfait dans ce monde ! » J'eusse été aussi heureux qu'un homme a droit de l'être dans une position aussi étrange que la mienne, sans la menace incessante de cette peau toujours sur le point

de se déchirer. Et, comme si la destinée
eût pris plaisir à mêler l'ironie au châtiment, plus ce vêtement fragile marchait
vers un cataclysme imminent, plus mon
existence s'embellissait. Tranquille dans
ma souveraineté respectée, j'éprouvais le
plaisir d'un captif délivré à me rapprocher
de la nature primitive pour laquelle nous
sommes faits, & dans le milieu attractif de
laquelle hommes & nations ont toujours
une tendance à se replonger pour se ra-
jeunir.

La vie civilisée, dont nous exaltons avec
plus d'orgueil que de réflexion les contes-
tables avantages, n'est pas un progrès,
mais un écart. Cet air pur & ferme que je
respirais, cet air jamais vicié par l'haleine
dissolvante des passions, en touchant mes
organes, me donna d'autres goûts. Mes désirs se raréfièrent. Ces fruits faciles &
beaux, ces eaux limpides suffisaient à mon
appétit, dégagé de l'irritation d'un travail
immodéré.

16

Peu à peu j'en vins à prendre en horreur
l'affreuse habitude de se nourrir de la chair
des animaux, & étendant, par la pensée,
à l'humanité entière la révolution produite
en moi, je prédis pour les générations fu-
tures l'époque certaine où manger un che-
vreuil ou un oiseau leur paraîtra aussi
criminel que de manger un homme. La
civilisation seule a soulevé ces appétits
abominables qui déchirent la chair des
animaux pour se satisfaire. Si l'anthropophage mange son ennemi, c'est par vengeance & non par sensualité. Si nous ne
mangeons pas de l'homme, nous, ce n'est
pas par respect pour l'homme, mais par dé-
goût pour sa chair, & surtout à cause de
la crainte où nous sommes d'une récipro-
cité forcée : nous ne mangeons pas notre
semblable de peur que notre semblable ne
nous mange. Ainsi le sauvage n'est que fou
en dévorant son ennemi ; mais le véritable
anthropophage c'est nous, cannibales de
fantaisie, qui égorgeons & mangeons un

lièvre parce que nous préférons tout simplement sa chair à celle de l'homme.

Il n'est pas jusqu'à cette enveloppe de
mandrill, sous laquelle, les premiers jours,
je me faisais honte, qui n'avait fini par me
paraître mille fois préférable à ces odieuses
carapaces d'étoffes & de drap, tour à tour
adoptées & rejetées par l'idiotisme de la
mode, & dont la cuirasse ne répond à aucune de nos articulations. Sous cette peau
élastique & douce, souple, fine & chaude
à la fois, il m'était aussi agréable que facile de me plier, de me mouvoir, de
m'élancer de branche en branche, de me
laisser tomber sur le gazon, de rebondir,
de courir, de me glisser à travers les taillis,
de me balancer à la tige des bambous, de
quitter la terre pour plonger dans l'eau, de
sortir de l'eau pour suivre la crête d'un
rocher & m'asseoir au sommet d'un pic.

Malheureusement il ne m'était pas permis de parcourir toute cette gamme de mouvements avec une entière liberté d'esprit.

Vous savez ce qui m'en empêchait, vous savez quel obstacle... Or, un jour, cet obstacle, par l'effet d'un dernier accident, prit des proportions si redoutables, qu'il n'y avait au monde ni aiguilles, ni tailleurs capables, cette fois-là, de me sauver.

Voici ce terrible & suprême accident :

Je couchais d'habitude avec ma peau de mandrill ; car la quitter, même pendant le sommeil, eût été une grave imprudence. Une nuit, j'eus un grand rêve ; dans ce rêve, inspiré par un instinct d'ambition dont je ne m'étais pas bien rendu compte, je me faisais sacrer roi de Kouparou par l'archevêque de Goa. Moi me faire sacrer ! quelle aberration ! moi, après tout, qui ne régnais qu'en vertu d'un mensonge, que parce que des créatures faibles d'intelligence croyaient voir en moi un ancien dieu de Kouparou dont je m'étais appliqué habilement la peau ! Mais ce n'était qu'un rêve jusque-là... jusque-là !... J'achève de le raconter :

Entouré de son magnifique clergé, le plus riche en diamants, monseigneur de Goa, après toutes les cérémonies pratiquées au sacre des souverains, prenait une couronne d'or & d'émeraudes sur l'autel tout rayonnant de lumières, & marchait solennellement vers moi pour la poser sur ma tête. Ce fut le moment de la catastrophe. Comme l'archevêque, placé sur une des marches de l'autel, me dominait de toute sa hauteur, je fus obligé, pour recevoir la couronne qu'il me présentait, d'élever excessivement les deux bras. Il paraît que j'étais si préoccupé de l'action de mon couronnement, dans mon rêve, que je répétais, comme si j'eusse été éveillé, toutes mes paroles & tous mes gestes. Or, en m'élançant vers l'archevêque de Goa pour l'aider à me placer la couronne sur la tête, je tendis beaucoup trop, je présume, la peau du mandrill. Il y eut un déchirement subit, & cette fois le déchirement fatal s'opéra de la nuque jusqu'au bas du dos

16.

sans solution de continuité. Le bruit de
cet écart foudroyant fut si fort qu'il m'é-
veilla.

Quel réveil! L'habit n'était plus qu'une
tunique flottante, ouverte par derrière au
lieu de l'être par devant, comme il est
d'usage. Je me levai effrayé, épouvanté,
désespéré. Je voulus douter... Mon malheur n'était que trop réel; malheur très-
grand, malheur irréparable, malheur sans
remède; car il eût fallu des instruments &
des moyens que je n'avais pas à ma disposition pour réunir cette fois les deux lambeaux de ma pourpre royale. Mon règne
était fini; ma vie suivrait de près mon
règne, & le tout au sujet de cette déchirure! Ah! l'homme est bien misérable!
Dépendre ainsi de la peau d'un mandrill!
Je demeurai si parfaitement persuadé, en
présence de cet événement ironique &
cruel, de la certitude de ma perte, que je
me barricadai à l'instant même & me for-
tifiai immédiatement derrière les murs de

la vérandah, comme la première fois que
je fus forcé de transformer en forteresse ce
joli pavillon de lord Campbell.

Le lendemain, quand mes sujets ne me
virent pas sortir, ils se rassemblèrent sous
mes croisées, & j'éprouvai la douleur d'être
témoin de leur inquiétude vraiment touchante, sans oser me montrer pour les rassurer. Le jour suivant ils se réunirent encore en plus grand nombre ; le troisième
jour, la population entière de l'île se pressa
autour de la vérandah.

Alors l'affection de ces sujets si dévoués,
qui ne s'était traduite jusque-là que par
des expressions contenues, se manifesta par
des plaintes bruyantes, des éclats assourdissants de sympathie, des hurlements de
tendresse. Les oreilles m'en saignaient autant que le cœur. Ils me demandaient, ils
m'appelaient, ils me voulaient à tout prix.

En ce moment, je vis combien les animaux, même les plus bas placés dans
l'ordre hiérarchique de la valeur morale,

ont plus de reconnaissance que beaucoup
d'êtres intelligents pour leur souverain.
Ils n'oublient pas en un jour le bien qu'il
leur a prodigué, l'exacte justice qu'il s'est
plu à répandre sur eux, l'ordre & le bonheur dont il les a entourés, souvent aux
dépens de son propre bonheur, pour se
précipiter stupidement aux pieds d'un
nouveau maître dont ils n'ont éprouvé ni
l'intelligence ni le cœur, lâches esclaves de
la nouveauté, enfants frivoles, pressés de
traiter le chef auguste de la société comme
les enfants traitent leurs jouets, pensant
toujours que le dernier est le plus joli &
que le précédent ne mérite que d'être brisé
violemment contre le mur.

La vérité veut que j'ajoute que cet amour
de mes sujets prit, au bout de cinq jours
d'attente sans résultat, un caractère étrange.
Prétendant à toute force parvenir jusqu'à
moi, puisque je n'arrivais pas jusqu'à eux,
ils recommencèrent le siége de la vérandah
& avec les mêmes moyens d'attaque, c'est-

à-dire à l'aide de bâtons & de pierres, armes si décisives entre leurs mains. Et, cette fois, un sentiment noble les dirigeant, ils se montrèrent incomparablement plus acharnés dans leur détermination de renverser les murs derrière lesquels je me dérobais à leur amour.

Comment rester insensible à ces marques d'intérêt? Pourtant j'eusse désiré, je ne le cache pas, voir cet immense intérêt se produire sous des formes moins redoutables. Quoi qu'il en soit, j'aurais rougi comme d'un crime de les repousser cette fois à coups de fusil & de mousquet. Je n'opposai aucune résistance. Bien au contraire! je pleurais de joie & d'orgueil d'entendre les murs, les toits, les croisées, les balcons extérieurs, les portes, toutes les charpentes de la vérandah, craquer sous le poids des énormes pierres qu'ils lançaient & dont quelques-unes ne pesaient pas moins de trente livres. Où donc les avaient-ils prises? Ah! combien leur tendresse de-

vait-elle être ingénieuse pour en avoir
recueilli de cette grosseur dans une île
presque uniquement formée de débris végétaux & de sables fins ! J'étais ému de ce
dévouement dont le dernier terme était
infailliblement ma mort, car quelle déception ne les attendait pas dans peu d'instants ! Ils comptaient se trouver en présence d'un mandrill derrière ces murs
renversés par eux, & ils ne mettraient la
main que sur un homme blond, quoique
Portugais, & parfaitement identique, pour
son malheur, à ce qu'il y a de mieux con-
formé & de plus agréable en homme.

Je n'avais plus que quelques minutes à
soutenir ce siége conduit par le plus pur
dévouement pour arriver au plus certain
des meurtres ; tout s'effondrait & s'abîmait
autour de moi... Trois coups de canon re-
tentissent au loin. Ai-je bien entendu ?...

J'écoute... Trois autres coups suivent
ceux qui ont si vivement surpris mon attention.

Mon attention redouble.

Je ne suis pas seul à avoir entendu... on écoute aussi parmi les assiégeants.

L'île entière est attentive.

Une troisième fois, trois autres coups de canon... Mais c'est un vaisseau alors! un vaisseau qui arrive dans ces parages! un vaisseau qui aborde dans l'île! un vaisseau! un vaisseau!

Les coups de canon continuent à résonner.

Décidément, décontenancés, inquiets, les assiégeants se sont arrêtés au bruit de ces détonations répétées, répétées plusieurs fois par les échos de l'île de Kouparou.

Leurs pierres à la main, le museau au vent, le cou tendu, le poil magnétiquement hérissé, l'oreille au guet, ils cherchent à s'expliquer... ce que j'aurais voulu m'expliquer moi-même.

Qu'arrivait-il? Venait-on me délivrer?... Mais tous ces coups de canon pour moi seul?... Non!... Un navire en danger appelait-il à son aide? Ou bien étaient-ce encore des pirates qui descendaient dans l'île? Mais que viendraient-ils y voler? Ils ont déjà tout pris. Était-ce un combat?...

Ah! mes anxiétés étaient infinies!

Une demi-heure après toutes ces détonations, qui n'avaient pas laissé d'intervalle entre elles, j'entendis des tambours, des instruments de cuivre, des fanfares militaires. C'était un débarquement! une conquête! l'air parlait de victoire.

Mes bons & hostiles sujets me paraissaient de plus en plus étonnés. Chez beaucoup cet étonnement prenait le caractère de la frayeur; quelques-uns cherchaient déjà de leurs regards furtifs des percées favorables à une fuite prochaine.

A toutes ces clameurs de poudre & de clairons se mêlèrent bientôt des cris d'enthousiasme & des ordres de commandement. Des troupes s'avançaient; venaient-elles de mon côté? A coup sûr, elles venaient de mon côté, car je ne tardai pas à voir

briller dans l'air, au fond d'une de ces
belles allées que j'avais fait ouvrir par mes
sujets, des canons de fusil, des baïonnettes,
des pommeaux dorés d'épée & des uniformes. Ces uniformes, qui se détachaient
avec un grand relief sur les bandes de l'horizon, me parurent ceux de l'armée & de
la marine anglaises.

Qu'on imagine si ma vue & mon âme
s'attachaient aux moindres mouvements de
cette masse d'hommes qui s'avançait avec
tant de rapidité & tant d'ordre vers l'endroit d'où je la dévorais des yeux.

A un coup de sifflet sorti, je n'en doutai
pas, de la poitrine métallique de Karabouffi, mon premier ministre, & je crois
un peu mon successeur, dans sa pensée,
depuis que je m'étais dérobé à l'amour de
mon peuple; tous les singes, les forts, les
rusés, les plus audacieux, les plus lents,
les plus vifs, les plus subtils, les plus te-
naces, disparurent dans tous les sens; ils
s'évanouirent comme l'air par toutes les

17

issues; plus un seul ! Un gaz ne s'échappe pas plus vite.

Le vaste terrain étendu devant la vérandah se trouva vide en un clin d'œil.

Un instant après, les troupes occupaient cet espace laissé si rapidement libre par les singes.

Un officier supérieur se plaça au milieu de cette petite armée, qui se rangea circulairement & sur un développement considérable. Quelle joyeuse & inexprimable surprise pour moi! dans cet officier supérieur je reconnus le brave vice-amiral, l'excellent lord Campbell lui-même. Je poussai un cri... mais j'étais trop loin pour être entendu.

Lord Campbell fit signe qu'il allait parler. On écouta, & il dit :

« Messieurs,

« Vous savez tous par quel piége indigne & criminel nous fûmes enlevés de cette île il y a cinq mois.

« Vous savez le châtiment que nos braves compatriotes d'une escadre arrivée miraculeusement dans les mers des Indes six mois plus tôt qu'elle n'était attendue, ont infligé au sultan de Soulou. Sa capitale a été incendiée; l'*Halcion* a été reprise sur les pirates malais qui avaient osé traîtreusement l'enlever; cent cinquante d'entre eux ont subi la peine réservée aux pirates. Ils ont été pendus aux vergues de leurs jonques & de leurs champans. Des indemnités ont été payées aux familles des braves marins qui ont succombé dans cet attentat commis au mépris du droit des gens.

« Un dernier acte de réparation nous était dû.

« Aujourd'hui je viens avec votre aide, messieurs, reprendre possession de cette île au nom de notre gracieuse Majesté. »

Des hourras s'élevèrent & interrompirent le vice-amiral, qui reprit ainsi :

« Je plante ici le noble pavillon de l'An-

gleterre, & je vous invite, messieurs, à le
saluer selon les usages militaires. »

Des décharges simultanées répondirent
à cet appel du lord amiral, & le drapeau
anglais se déploya dans toute la majesté
de ses glorieuses couleurs devant la vérandah.

La cérémonie de la reprise de possession touchait à sa fin.

C'est à ce moment que je sortis des
ruines de la vérandah, recouvert de ma
peau déchirée, délabrée, usée, mais pas
assez cependant pour n'être pas pris pour
un mandrill par tous les Anglais présents
à ma grotesque apparition.

Ils restèrent frappés d'étonnement en
voyant un singe de la grande espèce venir
ainsi se jeter au milieu d'une réunion
solennelle. Leur surprise tourna en fou
rire, qui fut partagé par tout le détache-
ment, quand ils m'entendirent parler anglais à lord Campbell, à qui je m'adressai

le premier, tenant un drapeau blanc à la main. Un mandrill parlementaire !

« Qui êtes-vous? me demanda l'amiral, singulièrement intrigué par la nature du personnage moitié homme moitié bête qui lui parlait.

— Un chrétien, lui répondis-je, qui a vécu pendant trois mois parmi les singes.

— En seriez-vous un ?

— Non, milord. Cette peau n'est pas la mienne.

— Nous en sommes parfaitement convaincus, parfaitement sûrs, dit assez haut pour être entendu un jeune lieutenant irlandais placé derrière moi.

— Mais d'où vient que vous en êtes revêtu ? D'où vient que vous êtes ici, vous que nous avons laissé marchand d'oiseaux à Macao, car je crois vous reconnaître ?...

— Milord, c'est une histoire bien longue, & que je n'oserais jamais vous raconter, tant elle est longue, si elle ne se rattachait intimement à la vôtre.

— A la mienne !

— Oui, milord amiral, à la vôtre. »

On se regarda, & les rires recommencèrent autour de moi.

« Je prendrai la liberté de vous la raconter, milord, quand je serai dans un état plus convenable d'esprit & de corps. Je n'en dirai qu'un seul mot à Votre Seigneurie afin de lui faire pressentir qu'elle est digne de son attention.

— Quel est ce mot?

— Milord, je suis le dernier roi de cette île. »

Cette réponse n'était pas faite pour arrêter la moqueuse gaieté de mes auditeurs, fort jeunes la plupart, & par conséquent fort peu portés à l'indulgence. Il faut convenir aussi que ce roi demi-nu, sous une peau de singe en guenilles, justifiait assez bien l'accueil qui salua mes paroles royales.

Lord Campbell me demanda en riant, après avoir entendu ma réponse, si je

n'apportais, puisque j'en étais roi, aucune
opposition à la prise de possession par lui
de l'ile de Kouparou.

Je le priai de ne pas se railler d'un
malheureux qui avait tout perdu par son
naufrage.

Lord Campbell, en me tendant la main,
me dit alors : « Monsieur Marasquin, vous
n'aurez rien perdu ; l'Angleterre, je vous
le jure, vous indemnisera. »

L'Angleterre a rempli les promesses du
noble marin qui daigna écouter, peu de
jours après son retour dans l'île de Kouparou, les nombreux & très-sincères récits
de mes émotions au milieu des singes. Il
prit un si vif intérêt à mes vicissitudes de
toutes sortes, qu'il m'engagea à les publier
dans la forme sans prétention que je leur
donne aujourd'hui ; & je les publie moins
par orgueil d'auteur, on peut m'en croire,
que pour m'offrir en exemple aux infor-
tunés qui seraient tentés de se laisser aller
au découragement & au désespoir s'ils

faisaient comme moi naufrage dans une île peuplée de singes.

Du reste, je n'attends gloire & profit que de ma profession naturelle.

Grâce à la bonté de lord Campbell, qui me fit quelques avances de fonds, & à celle de ses officiers, dont la clientèle me fut plus que jamais acquise, je continue dans d'excellentes conditions, à Macao, mon commerce de bêtes féroces & privées.

Mettant le comble à ses bontés pour moi, lord Campbell a voulu qu'une des nombreuses îles de l'archipel de Soulou portât sur les dernières cartes géographiques de cette partie de l'Inde : *Ile Poly-dore Marasquin.*

J'ai donc aujourd'hui argent, prospérité, honneur ; j'ajouterai même que j'ai trois enfants d'une femme qui m'adore.

Eh bien ! le croirait-on ? je me surprends parfois murmurant entre deux soupirs : « Ah ! quand j'étais singe ! »

FIN

TABLE

—

Chapitre premier. — Origine de mon nom de
Marasquin. — Erreur, à cet égard, de mon
ambitieux grand-père Nicolas Marasquin. —
Profession de mes aïeux, honorable, mais
pleine de dangers. — C'est aussi la mienne.
— Un tigre me prive de mon père, dont je
continue le commerce à Macao, sur le littoral
de la Chine. — Ma tendresse pour les animaux & mon art de les empailler. — Tour
terrible qu'ils me jouent. — Quelques mots
intéressants sur les pirates malais, plus indomptables encore que mes animaux. — Les
stations anglaises fondées pour les détruire,
mais elles-mêmes détruites par la fièvre jaune
& autre chose que nous dirons. — Le vice-
amiral Campbell & ma ménagerie. — Ce
qu'elle renferme de curieux & de rare au
moment de ses achats. — Babouins & chimpanzés. — Passions & rivalités. — Un singe

Pages

méchant comme un homme. — Ma maison
brûle. — La jonque chinoise. — Ce qui m'arriva à la suite d'une grosse tempête........   9

Chap. II. — Naufrage. — J'y échappe seul. —
Ile inconnue. — Une forme humaine m'apparaît. — Une pluie de singes. — Je reçois
une grande volée de coups de rotin, que les
Indiens appellent rotang. — Par qui m'est-
elle donnée ? — Danger que court un être intelligent. — Il est sauvé par sa cravate. — La
soif me dévore. — Je trouve de l'eau. — Nous
sommes quatre mille à boire. — Moyens ingénieux de cueillir des fruits à la cime d'un
arbre de cent cinquante pieds de haut.—Deux
valets de chambre comme il y en a peu à
Paris. — J'échappe par miracle à leurs bons
soins.—Une nuit entre un boa & une chauve-
souris de plusieurs pieds d'envergure. — Esprit des huîtres, génie des singes........... 44

Chap. III. — Je m'endors & j'ai un rêve fort
agité. — A mon réveil je commets un meurtre.—Une sinistre apparition au milieu d'un
bois. — Que signifie-t-elle ?—J'aperçois dans
les airs une immense clarté. — J'avance à
cette lueur qui me donne l'espoir que des
hommes ont allumé du feu.—Elle disparaît.
— Le jour revient. — Un spectacle inouï
frappe mes regards. — J'assiste à une cour

Table 299

Pages

martiale formée de membres à quatre pattes.
— Corruption de la justice parmi les singes.
— Parodie risible des institutions humaines
au point de vue de la morale & des pantalons. — Je distingue quelques maisons sous
les arbres & je me crois enfin parmi mes
semblables.—Je retrouve Saïmira & Mococo.
— Captivité de ce dernier. — Ce qu'était le
chef de la cour martiale dont je n'avais pas
admiré la tenue. — Je reconnais en lui un de
mes deux babouins de Macao, celui que j'ai
rossé tant de fois & vendu à lord Campbell.
— Cette rencontre ne me cause aucune joie.
— Karaboufti règne sur l'île où je me trouve.
— Je me cache dans une grotte, prévoyant
les effets de sa reconnaissance si j'étais découvert.—Je suis visité par Saïmira.—Sensibilité
merveilleuse de cette charmante créature. —
Épisode d'une mandarine. — L'ennui l'emporte sur la peur. — La clarté déjà vue reparaît. — Est-ce un volcan? — Est-ce un festin
d'anthropophages? — Pourquoi la curiosité
me fait-elle sortir de ma retraite!.......... 96

Chap. IV. — Une lueur fatale m'attire. — D'où
jaillissait-elle? — Nouveau péril auquel je
suis exposé.—Le marchand est reconnu par
son ancienne marchandise. — Trois cris. —
La guirlande vivante. — Un tyran au poil &
à la plume. — La télégraphie des bras. — A

Pages

quel usage ? — On sonne le diner. — La vérandah. — Les salons & la cuisine. — Le pot
de confitures de coing. — Sage réflexion que
je me permets à ce propos. — Une soirée
de singes verts & d'ouistitis. — Désespoir !
je pince de la guitare.—Comment se termine
cette délicieuse soirée..................... 144

CHAP. V. — Je me barricade. — On m'assiége.
— La vérandah devient un fort. — Ce que
je découvre au fond d'une pièce oubliée. —
Le journal de lord Campbell. — Ce que dit
ce journal. — Les pirates malais & le sultan
de Soulou. — Trois cents jonques. — Une
chasse formidable. — Mort d'un mandrill
mystérieux & colossal.—Explication du squelette blanc. — Torture d'un homme réduit à
ne boire que de l'excellent vin vieux. — Un
poignard planté dans le sable. — Dernière
fête de la station. — Comment se termine-
t-elle? — Fin d'un journal non terminé. —
Cent bouteilles de vin de Champagne ne
valent pas un verre d'eau. — Mes habits me
quittent. — J'ouvre le combat. — Grande
lutte d'un homme seul contre une île entière
de singes.—La vérandah va crouler. — Elle
ne tient plus. — Une fourrure me sauve. —
D'où venait cette fourrure enchantée? — Je
lui dois la vie & la couronne. — De quelle
manière je gouverne. — Un bonheur royal

Pages

profondément troublé par un accroc. — J'apprends le sort de la station anglaise. — Je suis de plus en plus adoré de mes sujets. — Un nuage dans le ciel. — Préoccupation sinistre. — Mon royaume pour un pantalon! — Joie suprême d'être bête. — Bonheur encore troublé. — Un déchirement fatal. — Je suis forcé de me dérober à la tendresse de mes sujets pour un motif bien délicat. — Délivrance. — Je revois mon pays. — O Macao! — Mon immortalité............... 198

FIN DE LA TABLE

1824. — Paris. Imp. Poupart-Davyl et Cᵉ, rue du Bac, 50.